KEY·可以文化

诺贝尔文学奖得主
莫言剧作

鳄鱼

Crocodile

Mo Yan

莫言

浙江文艺出版社
Zhejiang Literature & Art Publishing House

图书在版编目(CIP)数据

鳄鱼/莫言著.—杭州：浙江文艺出版社,2023.6
ISBN 978-7-5339-7234-9

Ⅰ.①鳄… Ⅱ.①莫… Ⅲ.①话剧剧本-中国-
当代 Ⅳ.①I234

中国国家版本馆 CIP 数据核字(2023)第 077321 号

策划统筹	曹元勇
责任编辑	李 灿 易肖奇
营销编辑	耿德加 胡凤凡
责任印制	吴春娟 眭静静
封面设计	人马艺术设计·储平
插页设计	吴 瑕

鳄鱼
莫 言 著

出版发行	浙江文艺出版社
地 址	杭州市体育场路 347 号
邮 编	310006
电 话	0571－85176953(总编办)
	0571－85152727(市场部)
印 刷	上海盛通时代印刷有限公司
开 本	850 毫米×1120 毫米 1/32
字 数	95 千字
印 张	6.375
插 页	8
版 次	2023 年 6 月第 1 版
印 次	2023 年 6 月第 1 次印刷
书 号	ISBN 978-7-5339-7234-9
定 价	56.00 元(精装)

水在河裏泳　河主岸裏
走峰　　在家心裏
我主河裏游　鯉魚在外程
外主家心裏
裏河主我心裏魚主鯉
魚肚子裏
癸卯五月初九日　莫言

作者题词

水在河里流　河在岸里走

岸在我心里

我在河里游　鳄鱼在水里

水在我心里

鳄鱼在河里　河在我心里

我在鳄鱼肚子里

癸卯二月初九日　莫言

目　录

鳄　鱼

后　记

鳄 鱼

（四幕话剧）

剧 中 人 物

单无惮(简称无惮)——原系中国某海滨城市市长,仪表堂堂,派头十足。2004年因贪腐畏罪逃往美国。此剧开始时他五十五岁,剧终时六十五岁。他出身贫寒农家,少时勤奋读书,曾因一边挖野菜一边背诵唐诗宋词而得乡里美誉;中学毕业后,曾任小学代课教师,因文笔出众,被调到县委宣传部通讯报道组,其间加入中国共产党,并与吴巧玲结婚;"文革"结束后参加首届高考,进入大学中文系学习。在校期间,因是党员,且口才与文才均佳,颇受校方重视与同学拥戴;毕业时因顾念家庭,放弃到中央国家机关工作的机会,回故乡县委宣传部任职;此后仕途平顺,升迁至地级市市长,官声甚佳。他的贪腐之路与大多数贪官类似,只是手笔较大,不零敲碎打。

吴巧玲(简称巧玲)——单无惮之妻,年龄与无惮相仿,无

惮的小学、中学同学，其父是公社食品站站长。巧玲
中学毕业后回乡任代课教师，后转正，曾在县教育局
任一般干部。巧玲的家境优于单家，生活困难时期，
无惮曾得到过巧玲的帮助。巧玲 2000 年时辞去公
职，以伴子读书的名义赴美定居，持有绿卡。

马秀花（简称瘦马）——单无惮的情妇，比无惮小二十多
岁。她原是市政府招待所服务员，文化水平不高但人
极聪明；与无惮相好后，被提拔为招待所副所长、市建
委办公室主任；后辞职成立房地产公司，在无惮帮助
下，低价拿地，高价转让，大发横财；在无惮外逃之前
即转移财产，在美购买别墅，并加入美国国籍。

刘慕飞（简称慕飞）——曾任单无惮秘书，通英语，无惮的
亲信，后辞职与瘦马合伙开公司。与瘦马一起赴美，
为无惮外逃打前站。他好赌，到美国后很快将财产输
光，寄生在无惮家。他与瘦马有暧昧关系。无惮对此
早有察觉，但身为逃客，不通英语，一切皆依仗慕飞对
外联络，因之对他与瘦马的关系只能装聋作哑。

老　　黑——在美华人，专做观赏鱼生意，年龄在五十岁左
右，是单宅的常客。

牛　布——四十岁左右，曾任《滨海时报》记者，是无惮的瓜蔓亲戚。他自称是诗人、作家、民主斗士，混在美国，持有绿卡，后以无惮经历为素材写了一本书，发了财。

灯　罩——女，三十岁左右，行为艺术表演者，与牛布同居。

小　涛——单无惮与吴巧玲所生儿子，生于二十世纪八十年代初，赴美后在一所三流大学混了几年，后染上毒瘾，开枪自杀。他也持有绿卡。

黄大师——本名唐黄，风水先生。

魏局长——逃亡贪官，原系市文化局局长，无惮部下，后回国自首。

唐太太——中国金融界某著名贪官包养的"二奶"，持有美国绿卡。其情夫在国内被"双规"，后判刑。她起初混在美国，后来办了一家出版社，出了牛布的书，赚了不少钱。

鳄　鱼——会说人话。

女佣、男工数人。

第一幕

第一场

[2005 年 5 月 5 日,无惮生日。

[美国西海岸某市富人区一栋豪华别墅,地处半山,面向大海。坐在客厅里可以俯瞰宁静的港湾。港湾里白帆点点,鸥鸟翻飞,巨大的轮船无声地滑过。远处是横跨海湾的雄伟大桥。

[客厅右侧,是无惮的半敞开式书房,中间格扇相隔,有月亮门与客厅相通,左侧有楼梯通向楼上,别墅入口亦在左侧,登场人物均由左侧上。

[客厅正面横亘着一个长方形的大鱼缸。一个人横躺进去绰绰有余。鱼缸里养着色彩艳丽的热带鱼,有绿色的水草、红色的珊瑚点缀其间。开场时此鱼缸用红布遮住。

［大鱼缸前面是半圈沙发、一张茶几。在合适的位置放一张麻将桌。

［大幕拉开时，无惮已坐在沙发的正位上。他摇了一下铜铃，女佣端着一杯茶和一叠报纸上。

［无惮喝茶，看报。

［慕飞从台侧悄悄地走到无惮身后。

无　惮　（冷冷地）我记得曾经对你说过许多遍了，我最不喜欢别人悄悄地出现在我身后。

慕　飞　（谦恭但略带讥讽地）对不起，市长，我忘了。

无　惮　我也对你说过，不要叫我市长了。

慕　飞　对不起，市长，我忘了。

无　惮　（一字一顿地）我已经不是市长了。

慕　飞　对不起，市……叫习惯了，发音器官也有惯性。

无　惮　说吧，有什么情况。

慕　飞　我先给您说一下美国的情况。

无　惮　美国的情况与我有什么关系？

慕　飞　咱们这不是住在美国吗？

无　惮　可我总觉得这是个梦。

慕　飞　市长,这不是梦,是事实。

无　惮　当我不做梦的时候,一切都是梦;只有当我做梦
　　　　的时候,一切才都是真实。

慕　飞　市长,您本质上是个诗人。

无　惮　初中时我即在省报上发表过诗歌;大学时,我在
　　　　国家级文学期刊上发表过诗歌。

慕　飞　如果您不从政,现在就是大诗人。

无　惮　你这是拍马屁!

慕　飞　发自内心的。

无　惮　说说吧,我们滨海市昨天有哪些新闻?

慕　飞　青云大桥通车典礼。

无　惮　终于通车了。

慕　飞　出席通车典礼的有省委领导顾衡、市委书记赵良
　　　　新,市长梁魁主持典礼。

无　惮　好,很好。

慕　飞　这是典型的前人栽树,后人乘凉。

无　惮　准确的说法是前任奠基,后任剪彩。

慕　飞　如果您晚出来一年,主持典礼的是您!

无　惮　(自嘲地)晚出来一年有可能我在主持通车典

礼,更大的可能是我在写交代材料。

慕　飞　其实您没有什么事……您那点事,多大的一点事啊!

无　惮　(摆摆手)别说了,已经这样了。

慕　飞　他们最不应该的是把大桥的名字给改了。您原本定的名字多好啊!起凤大桥,大桥的造型像凤凰展翅,象征着我们滨海市像凤凰一样腾飞。

无　惮　如果我是他们,我也会改的。

慕　飞　青云大桥,青云直上,升官梦嘛。

无　惮　不要庸俗化阐释。这也是原方案中有的,大桥这头是青城区,对面是云港镇。

慕　飞　不如"起凤"有气魄。

无　惮　我是有私心的。我的父亲名叫单起,母亲名叫于彩凤。

慕　飞　这么巧妙,您若不说,谁也想不到。

无　惮　他们把名字改了,说明他们已经想到了。

慕　飞　他们不改,老百姓也不会知道的。

无　惮　是老百姓先知道了,然后他们才想到的。这世界上,也许有上帝不知道的事情,但没有老百姓不知道的事情。

慕　飞　市长,以前在国内时,还没发现您的水平这么高,可出来之后我发现您就是一个哲人。

无　惮　刚才说我是诗人。

慕　飞　您是诗人里的哲人,哲人里的诗人。

无　惮　我刚才还说过,已经都这样了!

慕　飞　(递上几张照片)我从网上下载了几张青云大桥的照片,打印出来了。

无　惮　(欣赏照片)看上去还挺美。设计是一流的。

慕　飞　看上去也还结实。

无　惮　质量还是有保证的。

慕　飞　网上有人说这大桥是个纸糊的风筝。

无　惮　那是胡说!(沉思片刻)反正已经是这样了,我就摊开了说吧。我承认这座大桥建设过程中存在贪腐现象,甚至是比较严重的贪腐现象,但那是预算的一部分。

慕　飞　您的意思是?

无　惮　扣除了贪腐那一部分,剩下的钱足以保证这座大桥的质量。我不敢保证它像赵州桥一样千年不倒,但我敢保证它一百年后还屹立在那里。

慕　飞　我坚信不疑。

无　惮　为了保证工程质量，你应该还记得，我对那些承包商说，该拿的钱大家都拿了，如果谁还敢偷工减料，我就刨了谁的祖坟。

慕　飞　您这句话流传甚广。

无　惮　你也不会忘记，我每周至少去工地视察一次。

慕　飞　您还经常搞突然袭击，不打招呼，突然出现在工地上。有一次，您扇了那个外号"灰耗子"的包工头一记耳光，一记响亮的耳光。

无　惮　打人总是不对的。

慕　飞　但这一耳光让老百姓拍掌叫好，也让您的威信大增。老百姓给您起了一个外号，叫"铁巴掌"。

无　惮　为此事，我在省委领导面前做过检查。——但我坦率地告诉你，做这种检查是愉快的。因为，我知道自己赢得了民心。从这种意义上说，做一个好官，真是一种幸福。（沉浸在回忆中）遥想公瑾当年，小乔初嫁了，雄姿英发……

　　　　[女佣上。

女　佣　老爷，车备好了。

无　惮　我对你说过,不要叫我老爷。

女　佣　是的,老爷,但是我叫习惯了。

无　惮　习惯是可以改的。

女　佣　是的,老爷。

无　惮　让他等一会儿。(转问慕飞)今天还有什么安排?

慕　飞　今天是 2005 年 5 月 5 日,您的五十五岁大寿。

无　惮　五十五岁,土埋到胸口了。

慕　飞　您可别这么说,五十五岁,年富力强,大有可为。

无　惮　我还有什么可为? 等死而已。

慕　飞　我们要好好庆祝一番。

无　惮　老母在堂,不做寿!

慕　飞　老人家远在国内。我们这边,小规模的,何况,今
　　　　天日子特殊。

无　惮　嗯?

慕　飞　2005 年 5 月 5 日,五十五岁。

无　惮　八八八八八,发发发发发;九九九九九,久久久久
　　　　久;五五五五五,有什么说法? 五十五盒三五牌香烟?

慕　飞　打扑克时,除了大小王,五是最大的。

无　惮　九九九,劝君更尽一杯酒;五五五,谁能知我心中

苦！（对女佣）出发！（女佣帮他穿上风衣，递给他墨镜、帽子）这个马大夫，医术还可以，我去扎过几次了？

慕　飞　今天是第六次。

无　惮　能不能请他来家扎？

慕　飞　跟他谈过，但他说从不出诊。

无　惮　还有不出诊的医生？

慕　飞　滨海市没有，这里真还有。

无　惮　落时的凤凰不如鸡？

慕　飞　大丈夫能屈能伸。

无　惮　我只能屈着了！走。

　　　　〔无惮由女佣陪伴下。

　　　　〔瘦马出现在楼上弧形的栏杆内，这里应该是与卧室相连的一个空间，可以俯瞰整个客厅，亦可透过玻璃远眺港湾风景。她身穿睡衣，用一把红色的梳子梳理着披散的长发。

慕　飞　（不快地）你以为这是滨海市啊，这是美利坚合众国！

瘦　马　（懒洋洋地）说谁呢？

慕　飞　（吃了一惊，略带讥讽地）夫人，您睡好了？

瘦　马　我睡好没睡好,难道你还不知道吗?

慕　飞　(暧昧地)看您这气色,应该睡得不错。

瘦　马　吃了两片安眠药,睡了两个小时,这算错呢,还是
不错呢?

慕　飞　有人吃两片安眠药,只能睡一个小时。

瘦　马　这么说我睡得还不错?

慕　飞　但也有的人一片安眠药也不用吃,就能睡十个
小时。

瘦　马　也有人吞下一瓶安眠药便能睡一觉,睡到地球
毁灭。

慕　飞　您这不是抬杠吗?

瘦　马　我如果不找个人抬抬杠,不是要变成白痴吗?

慕　飞　大学时听我的老师说,黑格尔经常半年不说一
句话。

　　　[瘦马把梳子往头发里一插,抓住一条拴在栏杆
上的看上去很柔软的红绳子,纵身滑了下来。

慕　飞　(惊呼)鱼缸!

　　　[瘦马越过鱼缸,稳稳地落在无悖适才坐过的椅
子上。

瘦　马　（得意地）你以为我会跳到鱼缸里淹死？

慕　飞　（惊魂未定,讥讽地）夫人,您常有惊人之举！

瘦　马　"夫人"这两个字,从你嘴里吐出来,总是这么
　　　　别扭。

慕　飞　你们家的人为什么总是爱在称谓上较真呢？

瘦　马　我们合伙办公司时,你叫我"马总"。

慕　飞　是这样叫过。

瘦　马　当着他的面时,你叫我"瘦马"。

慕　飞　是的。

瘦　马　你看着我不顺眼,想骂又不敢时,就叫我"夫人"。

慕　飞　偶尔会有这样的潜意识。

瘦　马　但有的时候,你会叫我"马儿""小瘦马儿"……

慕　飞　确有这种情况。

瘦　马　所以,从你对我的称谓,可以知道你的心情。

慕　飞　人非草木,总是会有些情绪变化。

瘦　马　你以为草木就没有情绪吗？

慕　飞　你说有就有。

瘦　马　不是我说有,是他说有。

慕　飞　他说有当然更有啦。——我想起来了,有一年他

针对个别市民偷剥杜仲树皮的不文明行为做过一个报告,其中谈到过植物的情感问题。

瘦　马　也不是他说的,是他老婆对他说的。——他老婆的继母好骂人。有一次,院子里有棵枣树碰了她,她骂了一上午,你猜怎么着?——只见那枣树叶子由绿变黄,由黄变枯,第二天就死了。

慕　飞　太厉害了,活活骂死一棵树。

瘦　马　你说她在这样一个继母手下长大,该有多扭曲。

慕　飞　(幸灾乐祸地)她可是你的冤家对头!

瘦　马　(不屑地)她也配? 我跟她是井水不犯河水。

慕　飞　平心而论,老头子对你还是不错的。

瘦　马　可他至今也没给我个名分。

慕　飞　她是有名无实,你是有实无名。甘蔗没有两头甜。

瘦　马　可有的甘蔗从根甜到梢儿。

慕　飞　那肯定不是甘蔗,那是棒棒糖。

瘦　马　你就会跟我油嘴滑舌。

慕　飞　陪夫人解闷儿。

瘦　马　又来了。

慕　飞　不过,我劝你,这名分的事儿,不提也罢。

瘦　马　为什么?

慕　飞　老头子现在的口头禅是"已经都这样了"。

瘦　马　他起码登报声明一下。

慕　飞　那你还不如让他回国自首去。

瘦　马　娘希匹!

慕　飞　不要说脏话。

瘦　马　我这是跟蒋中正学的。

慕　飞　今天是老头子生日,我们要想法让他高兴。

瘦　马　那要看我高兴不高兴。

　　　　[女佣上。

女　佣　夫人,早餐准备好了。

瘦　马　(对慕飞)你跟我一起吃吗?

慕　飞　我已经吃过了。(手机响,接答)喂,我是,你哪
　　　　位?牛先生,对对对,单先生十点回来,提前到一会
　　　　儿?当然可以,欢迎欢迎,待会儿见。

瘦　马　什么人?

慕　飞　老头子的外甥。

瘦　马　从哪里冒出了个外甥?

慕　飞　说是老头子的姐姐的儿子。

瘦　马　老头子没有姐姐,只有一个弟弟一个妹妹。

慕　飞　也许是堂姐,或者是表姐。

瘦　马　多半是来蹭饭吃的。

慕　飞　穷在大街无人问,富在深山有远亲。

瘦　马　我们富吗?

慕　飞　你们应该算是很富的。

瘦　马　你也不穷。

慕　飞　刚出来那会儿,我不敢说穷;现在,我是真穷。

瘦　马　好赌是中国人的劣根性。

慕　飞　赌博是我的信仰。

瘦　马　如果你是我的丈夫,我会把你的手剁了去。

慕　飞　没有手也能赌。

瘦　马　那才叫高手。

慕　飞　但是我已经不赌了。

瘦　马　有句话是怎么说来着?——狗改不了吃屎。

慕　飞　很多貌似正确的话其实是不正确的。——如果有肉,狗不会吃人的排泄物。

瘦　马　同样一句话,被你们这些知识分子一修饰,就显得文质彬彬。

慕　飞　谢谢夫人夸奖。

瘦　马　你真的不同我一起吃早餐？

慕　飞　请你相信我，这是我最后一次向你借钱。

瘦　马　你说过多少次"最后一次"了？

慕　飞　这次是真的"最后一次"。

瘦　马　我干脆帮你把钱直接汇到赌场，反正早晚要输光。

慕　飞　那不行——赌博的乐趣就在过程，但我这次真不
　　　　是去赌，我是去还一个朋友的债。

瘦　马　其实你可以用那张卡上的钱。

慕　飞　那张卡上的钱是老头子的，用于支付家庭生活费
　　　　用。君子固穷，公私分明。我是借你的私房钱。

瘦　马　还有句老话叫"羊肉包子打狗，有去无还"。

慕　飞　狗吃了羊肉包子，也许会叼回一只野兔子。

瘦　马　（对远处站着的女佣）小辛，给我榨一杯西柚汁儿。

女　佣　是，夫人。

　　　　〔瘦马将垂搭在鱼缸外的红绳子抛上去。

慕　飞　我以为你会拽着绳子爬上去呢。

瘦　马　这跟你们官场是一样的：哧溜下来容易，爬上去
　　　　可就难啦。

慕　飞　能上能下才是好马。

瘦　马　（沿着楼梯上楼,回首道）上有多种上法,下也有
　　　　多种下法。

　　　　［慕飞手机响,用英文应答,似乎在跟对方谈海参
　　　　鲍鱼的采买问题。

　　　　［瘦马出现在楼上栏杆后,将一个沉甸甸的信封
　　　　扔下来。慕飞接住信封,喜笑颜开,向楼上的瘦马竖
　　　　了一下大拇指。瘦马隐去。

　　　　［女佣引牛布上。

　　　　［牛布长脸,长发,戴白边眼镜,穿着一件褐色的
　　　　非僧非道的袍子,背着一个鼓鼓囊囊的包,手里提着
　　　　一支洞箫。牛布有几分拘谨地走上来,他的目光游
　　　　移,观察着客厅里的摆设,见到慕飞,立即挤出满脸笑
　　　　意,伸出一只长长的手。

牛　布　（谦恭地）您好! 刘先生。

慕　飞　牛布先生吧? 欢迎欢迎!

牛　布　（递给慕飞一张名片）请多指教!

慕　飞　（读名片）环球诗人,著名作家,《真真理报》总编。

牛　布　徒有虚名,徒有虚名。

慕　飞　（吩咐女佣）给牛先生上茶。（指指沙发）请坐。

牛　布　（拘谨地落座）我舅舅出去了？

慕　飞　（反应片刻）噢，对对对，单先生出去了。（看看手表）应该马上就回来了。

牛　布　（感慨地）这房子可真够气派的！

　　　　［女佣将一杯茶放在牛布面前。

　　　　［牛布慌忙起立致谢。

慕　飞　牛先生千万别客气。到了舅舅家，就跟自己家里一样。

牛　布　是是是，谢谢您。

慕　飞　抽烟可以的。

牛　布　谢谢，不抽。

慕　飞　那您自便。

牛　布　可以吹箫吗？

慕　飞　当然可以。

牛　布　谢谢。

　　　　［牛布吹奏《苏武牧羊》。

第二场

[无惮上,女佣上前帮他脱外衣,接墨镜、帽子。

慕　飞　(对牛布)市长回来了。哦,你舅舅。

无　惮　(舒展着胳膊,活动着脖子)似有贵客临门啊!

　　[牛布看到无惮登场时即慌忙站起,有点无所措手足。

慕　飞　(指着牛布对无惮)市长,这就是牛布先生。

牛　布　(鞠躬)舅舅……

无　惮　(上下打量着牛布)似曾相识啊!

牛　布　十五年前,您刚当上副市长时,我去您的办公室找过您。

无　惮　(努力回忆着)噢,有印象,你也变老了。你几岁了?

牛　布　四十了。

无　惮　（坐在正位上,示意牛布)坐!

　　　　[牛布坐下,又站起,上前倾身递给无惮一张名片。

无　惮　（费劲地看着名片,伸出一只手,慕飞从旁边的小
　　　　桌上取过老花镜递给他)我那个老姐姐——你母亲还
　　　　好吗?

牛　布　（欠了一下身)还好。

无　惮　你母亲是老大还是老二?

牛　布　（欠身)是老二。

无　惮　是下巴上有块黑痣的那位吗?

牛　布　那是我大姨。

无　惮　她还好吗?

牛　布　她去世了。

无　惮　噢,成了古人喽! （摘下眼镜,将名片扔到茶几
　　　　上)《真真理报》,那就是说,还有《假真理报》?

牛　布　很多所谓的真理其实是伪真理。

无　惮　你这张《真真理报》登载的都是真真理?

牛　布　我们尽力向真理靠拢。

无　惮　怎么个靠拢法?

牛　布　我们以事实为根据,揭开事件的内幕,还事件以真相,以真实的事实论证我们的理论。

无　惮　(摆手)我想起来了,你去找我时是《滨海时报》的记者。

牛　布　那是我最屈辱的经历。

　　　　[慕飞的手机响,用英文应接。

慕　飞　市长,我得出去一下,"周记鲍翅行"新进了一批辽参,还有澳鲍,我去验验货。

无　惮　辽参澳鲍,纯属胡闹。灭亡之前,猖狂一跳。

　　　　[慕飞下。

　　　　[女佣为无惮上茶,又端上一支高级雪茄和吸雪茄的工具。

无　惮　(对牛布)喝茶。(牛布端起茶呷了一小口)吸烟吗?

牛　布　以前吸过,戒了。

无　惮　戒了好。(点燃雪茄)从吸烟这件事儿上,足可以看出人类的弱点。

牛　布　丘吉尔说过,总有一天,科学会证明吸烟的好处——他活了九十多岁。

无　惮　有很多名人语录,其实是你们这种人捏造的。

牛　布　(讪笑)这也是人类的弱点之一。人们总是愿意相信名人的话。

无　惮　假托名人,伪造真理。为了打鬼,借助钟馗。古今中外,概莫能外啊!

牛　布　您讲得对。

无　惮　(弹弹烟灰,身体后仰)说说你吧,在这边生活得怎么样?

牛　布　(讪笑)混着呗。

无　惮　哪一年出来的?

牛　布　1990 年。

无　惮　你太太呢?

牛　布　离了。

无　惮　孩子呢?

牛　布　跟着他妈妈。

无　惮　加入美国籍了?

牛　布　如果我想加入,当然可以加入,但我不加入。

无　惮　(讥讽地)是吗?那你还是回去好,与其在这里混着,不如在那边混着。

牛　布　其实我在这边不是混着,我在用我微弱的力量,
　　　　促进人类社会的民主、自由、公平、正义……

无　惮　(摆手打断牛布的话)这些话就不要讲了。你来
　　　　找我,有什么事?

牛　布　没事,多年没见了,来看看您。

无　惮　我记得你上次找我,是为了当记者部副主任?

牛　布　那是我一生中的耻辱。

无　惮　当上了没有啊?我记得是跟你们总编打过招
　　　　呼的。

牛　布　没当上。

无　惮　他们应该让你当上。

牛　布　其实我从您的办公室一出来就后悔了。我站在
　　　　过街天桥上,看着桥下来来往往的车流,听着桥上卖
　　　　杂品的小贩们的吆喝声,心里想,我这是干什么?我
　　　　不是一直认为自己是一个有良知的记者吗?我不是
　　　　一直认为自己是一个敢于与权势斗争的斗士吗?我
　　　　不是一直在用最激烈的语言批评官场的腐败吗?我
　　　　不是一直瞧不起那些为五斗米折腰的追名逐利之徒
　　　　吗?我怎么能堕落到为了一顶小乌纱帽去认一个八

竿子打不着的舅舅呢？在那一时刻,我真想纵身从天桥上跳下去——

无　惮　为什么没跳下去呢?

牛　布　身后烤地瓜的香气勾起了我的食欲。

　　　　〔无惮仰身大笑。

牛　布　我买了一个烤地瓜,一边吃着一边走下天桥。我一边吃着烤地瓜一边走下天桥一边想,地瓜是世界上最好吃的食物,是中国人最应该感谢的食物。尽管有一段时间它倒了我们的胃口,但我们吃了几年白面馒头之后,又开始怀念地瓜的滋味。而且,据日本人研究,地瓜是最健康的食品,能预防多种疾病。

无　惮　可你现在在这里啃汉堡、吃三明治。

牛　布　中国人开的超市里能买到地瓜,我每周最少吃一次。

无　惮　说起地瓜,我比你专业。

牛　布　我读过您赞美地瓜的诗歌。

无　惮　那是顺口溜,不是诗。

牛　布　(背诵)吃地瓜的人,比吃馒头的人更热爱这片土地。吃地瓜的人,比吃肉的人更有骨气。

无　惮　听起来像是卖地瓜的广告。

牛　布　好诗都可以做广告,或者说,好的广告都是诗。

无　惮　坦率地说,第一次见面时,我对你没有什么好感。但我还是为你打了招呼,知道为什么吗?

牛　布　您是我舅舅嘛。

无　惮　是因为地瓜。你母亲,不,你大姨,下巴上有痣那位——当时村里人都戏言她有娘娘之相——她带我去倒地瓜——就是在公家收获后的地瓜地里翻找遗漏的。她倒了满满一筐,我倒的连筐底都遮不过来。到了村头,她将自己筐里的地瓜分给我一半。她说,兄弟,你不是干这个的,好好念书吧。我至今还记得她那同情的、殷切的眼神。当时我就暗暗叮嘱自己:如果有朝一日混好了,一定要好好报答这位姐姐。

牛　布　大人物都有类似的经历。

无　惮　后来我大学毕业,在县里当了干部,有一次回家看望父母,在街上遇到了她。我对她说起当年倒地瓜的事,还问她为什么能倒那么多,而我倒不着。她说,兄弟,我天生是个倒地瓜的呀。——她还挺幽默。

牛　布　我大姨说话是很风趣。——我记得有一次她到我们家去,正好我父亲过生日吃面条。刚端上桌,梁头上的燕子把一摊屎端端正正地拉在她碗里,她说,好卤头!

　　[无惮不无夸张地大笑起来。

　　[瘦马穿着一件艳丽的旗袍从楼梯上走下来。

瘦　马　这么热闹?

　　[牛布慌忙站起来。

无　惮　(对瘦马)来来来,给你介绍一下,(指牛布)这是我的外甥,牛布,牛先生。

　　[牛布欲掏名片,无惮顺手将茶几上的那张名片递给瘦马。瘦马瞥了一眼,又将名片放到身后小桌上。

瘦　马　(冷淡地)您好!

牛　布　(点头哈腰地)您好!

无　惮　(对牛布)这是我的夫人,瘦马。

牛　布　舅妈。

瘦　马　瘦马,不是舅妈。

牛　布　(略显尴尬)名叫瘦马的舅妈,舅妈名叫瘦马,您的名字很有趣儿。

瘦　马　(白一眼无惮)乱给人改名字。

无　惮　此马非凡马,房星不是星,上前敲瘦骨,凛然有铜声。

瘦　马　卖弄!

牛　布　舅舅是中文系科班出身。

无　惮　(对瘦马)坐下坐下,跟我们聊天儿。(指牛布)听他说我那老姐姐的事儿。

瘦　马　(看一下表)你该去换件衣服了吧?

无　惮　(对牛布)今天是我生日,你留下吃饭!

　　　　[牛布慌忙从背包里掏出一只瓶子、一个纸包。

牛　布　(将瓶子递给无惮)这是我母亲亲手腌制的香椿,前天刚托一个老乡带来的。

无　惮　(拧开瓶盖,嗅了一下)家乡的味儿。

牛　布　(将纸包揭开)这是给舅妈的,真正的天山野生雪莲,对女性特别有用。

瘦　马　这东西怎么用?

牛　布　可以炖鸡,也可以泡酒。

瘦　马　(呼唤女佣)小辛!(女佣趋前)把这个收好。

无　惮　(对女佣指香椿瓶子)把这个放到冰箱里,不许给别人吃。

瘦　马　小气样儿！没人吃你这些霉变的东西。

无　惮　怎么能这样说话！（对牛布）她是小孩子，口无
遮拦。

牛　布　人各有口味。其实，没有霉变就没有饮食文化。

无　惮　怎么说？

牛　布　臭豆腐、臭鸡蛋、臭奶酪，酸萝卜、酸黄瓜、酸白
菜，都是因为霉变成为美味。

无　惮　闻着臭，吃着香。

瘦　马　臭味相投。

无　惮　是啊，很多习以为常的事物，你不去想它，也就罢
了，你一去想它，就发现其中有很深的道理。为什么
新鲜的东西偏要放臭了再吃？为什么闻起来很臭的
东西吃起来却很香？

牛　布　这又是人类的弱点之一。人，总是喜欢追求新
奇，追求刺激。

无　惮　这是优点！

瘦　马　吃饱了撑出来的十三点。

无　惮　（大笑，对瘦马）你陪着他聊会儿。

　　　　［无惮沿楼梯上楼。

瘦　马　(对无惮)穿那件缎子唐装。

牛　布　舅舅思维敏捷,辩才了得。声若洪钟,是天才的演说家。

瘦　马　空话连篇,外强中干,纸老虎一个。

牛　布　官场上混久了的人,难免会说一些套话。但舅舅跟那些人还是不一样的。

瘦　马　哪儿不一样?

牛　布　舅舅能够跳出官场,弃暗投明,这种决断,是一般人做不出的。

瘦　马　这里明吗?

牛　布　这里起码没有沙尘暴和雾霾。

瘦　马　他更愿意生活在沙尘暴和雾霾里。

牛　布　我像理解我自己一样理解我舅舅。

瘦　马　那你理解我吗?

牛　布　我不敢说理解您,但我已经明确地感觉到您是非同一般的女人。

瘦　马　是吗? 牛先生,你来这里不会是仅仅为了恭维我们吧。

牛　布　(似乎颇有骨气地)您放心,我不会向你们借钱。

瘦　马　也不要拉你舅舅参加政治活动,他需要安度晚年。

牛　布　虽然不是嫡亲的舅舅,但毕竟我母亲的曾祖父与他的曾祖父是亲兄弟,所以我们还是有血缘关系的,你不能怀疑我的真诚和亲情。

瘦　马　当然了,皇帝也有几家穷亲戚。我可没说您是刘姥姥啊!

牛　布　您如果说我是刘姥姥那是抬举我。王熙凤最后全仗着刘姥姥呢。当然,您也不是王熙凤。

瘦　马　我学历不高,但《红楼梦》看了三遍。

牛　布　我只看了两遍。

瘦　马　我看的是电视剧。

牛　布　我看的是连环画。

　　　　　　［慕飞与老黑上。

老　黑　单太太。

慕　飞　(指牛布)这是单先生的外甥,牛先生。(回指老黑)黑先生,养鱼专家。

老　黑　(抱拳对牛布)老黑,做小生意的。

瘦　马　已经不是小生意了,(指一下红布遮盖的鱼缸)是大生意了。

老　黑　(抱拳,笑)您说得对,这的确是一单大生意。

瘦　马　你可别坑我们。

老　黑　如果我说没从您这儿赚钱,那我是孙子;但如果说我从您这儿赚了不该赚的钱,那我是孙子的孙子。

瘦　马　也就是说你从我们这儿赚到了你该赚的钱,所以你不是孙子。

老　黑　您是多么明白的人!我不敢往您的眼里揉沙子。(对慕飞)刘先生是你们家的把门虎,他砍价那个精,那个狠,就像买白菜的老太太,一层层剥我的帮子,直到把我剥成一个白菜核儿。是不是啊刘先生?

慕　飞　我们看中的是你的人品。

老　黑　您这话说到我心坎上了。做生意做到最后,就是靠人品。

瘦　马　(对牛布)这话对吗?

牛　布　我同意黑先生的说法,其实这世界上任何事情要想做好做大,都要靠人品。譬如我们这些搞文学的,人品不高尚,作品能高尚?

无　惮　(穿一件红缎子唐装,边下楼梯边说)高尚是高尚者的墓志铭,卑鄙是卑鄙者的通行证。

牛　布　舅舅,这两句诗您都知道?

慕　飞　难道还有市长不知道的吗?

无　惮　不知道的太多了。

老　黑　(毕恭毕敬地)单老爷好!

无　惮　(指红布遮盖着的鱼缸)你这玩意儿,什么时候
　　　　揭幕啊?——搞得神神秘秘的。

老　黑　听老爷的吩咐。

无　惮　(指指慕飞与瘦马)我没有权力,我一切听他们的。

慕　飞　等宾客到齐后,举行个简单的仪式。

无　惮　还有宾客?

慕　飞　我请了小涛公子。

无　惮　他算什么宾客? 他来吗?

慕　飞　他的手机一直关着。只好……跟夫人联系了一
　　　　下,让她转告公子。

瘦　马　(对牛布)我觉得贾政是个好父亲。

牛　布　(支吾地)贾政么……

瘦　马　贾政用大板子抽贾宝玉那场戏我看着特别过瘾。
　　　　那个花花公子就该活活打死!

无　惮　赵姨娘也这样想。

瘦　马　　我还不如赵姨娘呢。

无　惮　　如果赵姨娘敢像你这样,也要挨大板子的。——
　　　　　活活打死也是可能的。

瘦　马　　谁敢动我一根寒毛,我让他竖一根旗杆!

无　惮　　女人不能竖旗杆,但好好表现,可以争取竖牌坊。

瘦　马　　呸!你给她竖去吧,我不稀罕。

无　惮　　(对老黑)这儿有卖马具的吧?

老　黑　　(愣了一下)马具?

无　惮　　笼头、缰绳、鞭子什么的。

老　黑　　有啊!我一个朋友就是开马具店的!老爷,您是
　　　　　想骑马吗?我给您联系马术俱乐部,给您办 VIP 卡。

无　惮　　我要驯马。

瘦　马　　我踢死你!

老　黑　　我去联系。

牛　布　　黑先生,我舅舅是幽默大师。

老　黑　　(自嘲地)粗人,粗人,一时反应不过来。

无　惮　　还有其他客人吗?

慕　飞　　遵您的指示,我们尽量低调。

无　惮　　这么说齐客了?

慕　飞　如果公子不来,就齐了。

无　惮　他不敢来,大概怕挨板子吧。

慕　飞　那就齐了。

无　惮　(不无悲凉地)那就典了礼吧!

慕　飞　我们原计划等 15 点 5 分 5 秒开始典礼。

无　惮　你就把现在当成是 15 点 5 分 5 秒。

牛　布　舅舅讲的是中国时间。

慕　飞　太对了!(拍掌三声。)

　　　　[女佣急忙上。慕飞对女佣低声交代几句。

　　　　[女佣跑上楼梯。

慕　飞　(朗声)庆祝单无惮先生五十五岁诞辰暨全球最大热带鱼缸揭幕仪式现在开始。

　　　　[喜庆音乐起,两条红布幅从楼上悬下来,红布上写着:福如东海长流水,寿比南山不老松。

　　　　[老黑与慕飞将笼罩鱼缸的红布揭开,显示出鱼缸面貌。

　　　　[鱼缸里灯光很亮,五颜六色的热带鱼游动着。

　　　　[众鼓掌。

慕　飞　下面请鱼缸设计、制造者黑有亮先生发表讲话。

〔众鼓掌。

老　黑　（从怀里摸出一纸讲稿,读)尊敬的单老爷,尊敬
的单太太,尊敬的刘秘书,尊敬的各位来宾、各位朋
友,下午好! 在这个大喜的日子里——

无　惮　把讲稿收起来!

老　黑　（尴尬地收起讲稿)从来没在这么多人面前讲话。

无　惮　连你才五个人。

慕　飞　（拍掌)太好了,2005 年 5 月 5 日 15 点 5 分 5 秒
五个人庆祝市长五十五岁大寿。九个五,九五至尊!

无　惮　（自嘲地抖了一下身上的唐装)红褂子加
身? ——横竖是一场闹剧,往下演吧。

老　黑　我还是介绍一下鱼缸吧。这鱼缸长 6 米,高 2
米,宽 1.5 米,容量 18 立方米,用子弹都打不透的特
种钢化玻璃制成……据我所知,在家用鱼缸中,这是
全球最大、最豪华、最漂亮、最富丽堂皇的……

无　惮　好好好,祝你能多找到几个我这样的冤大头! 往
下进行!

慕　飞　下面请环球诗人、著名作家牛布先生发表贺词!
〔众鼓掌。

牛　布　亲爱的舅舅、瘦马夫人、刘秘书、黑先生,还有这大
　　　　鱼缸里的鱼:佛教讲六道轮回,众生平等,所以,这鱼缸
　　　　里的鱼,也许前身是达官,是贵族,是流氓,是盗贼。

无　惮　空气中还有很多微生物,你那袍子里也许还有虱
　　　　子吧?

牛　布　舅舅真是我的知音。我的意思是说,人生是个短
　　　　暂的过程,但正因为短暂,才使我们倍加珍惜生命中
　　　　每分每秒;当然,珍惜生命,并不意味着我们贪生
　　　　怕死——

瘦　马　今天是你舅舅的生日!

牛　布　你以为我是口误吗?不是的,我是说,只有看破
　　　　生死,才能成为智者,只有智者才能超脱,只有超脱才
　　　　能长寿;我舅舅是智者,所以我舅舅超脱,因为我舅舅
　　　　超脱,所以我舅舅长寿。祝舅舅生日快乐,长命百岁!

无　惮　(响亮地大笑)我要订阅你的《真真理报》。

牛　布　免费赠阅,请舅舅指示。

瘦　马　一个乌鸦嘴,一个神经病!

慕　飞　下面请我们的寿星佬发表演说。

　　　　〔众鼓掌。

无　惮　我是说给鱼听呢,还是说给人听?

慕　飞　人鱼皆听。

无　惮　我说给鱼听,你们可以旁听。

瘦　马　基本上疯了。

无　惮　(走到鱼缸边)亲爱的鱼们,看到你们活泼的游姿,看到你们鲜活的身影,我感到由衷的愉快!刚才我那外甥说,你们的前身很可能是达官、贵族、流氓、盗贼,但你们现在是鱼。你们是鱼,就要在水里生活,离开水一会儿你们就成了死鱼。从鱼的角度看,你们的运气还是不错的,生活在这么大的鱼缸里,没有天敌伤害之危,没有食物短缺之忧;但从人的角度看,你们又是可怜的,因为我可以饿你们一个月,我可以让人把你们捞上来送到厨房里刮鳞破肚、煎炸烹炒。当然我也可以把你们放归大海,但你们知道什么是大海吗?(忽问老黑)这些都是人工繁育的吧?

老　黑　是的,都是人工繁育的,我们运用了基因技术。

无　惮　不知道大海,是你们的幸运。对着一群人工繁育出来的怪物,我给它们讲大海,就像瘦马女士刚才说过的,我"基本上疯了"。既然"基本上疯了",那我就说两句疯话：第一，所谓的幸福，是建立在无知的基础上的；第二，再大的鱼缸，也不如大海大。——我的演讲完了。

　　　［众热烈鼓掌。

瘦　马　（对牛布）怎么样？

牛　布　舅舅是大海，我就是这个鱼缸。

慕　飞　市长在国内时，每次演讲，都会掌声雷动。

老　黑　鱼是绝对有灵性的！你们看，看那条玻璃猫、那条鲽鱼，还有那条小丑鱼，正在摇尾抖翅呢！他们听懂了单老爷的话。

　　　［无惮就座，瘦马上去亲他一口。

瘦　马　我要你每天对鱼演讲。

无　惮　那我就彻底疯了。

　　　［老黑边接手机边往外走，讲的是半生不熟的英语。

瘦　马　（问慕飞）他要干什么？

慕　飞　他说要送市长一件生日礼物。

无　惮　今年做寿不收礼。

瘦　马　收礼就收真黄金。

[一个工人搬着一个罩着红布的长约一米的玻璃柜,跟随在老黑身后。老黑搬着一个高约半米的硬木支架。

[老黑放下硬木支架,工人将玻璃柜安放在支架上。

[工人下。

慕　飞　老黑,你搞什么鬼名堂?

老　黑　单老爷,这是我孝敬您的。

无　惮　揭开!

老　黑　要不,先让大家猜一猜? 牛先生,您猜?

牛　布　猜不出。

老　黑　夫人猜一下?

瘦　马　(讥讽地)不会是一条美人鱼吧?

老　黑　夫人果然聪明! (揭开红布,显示出柜子里一条长约三十厘米的鳄鱼)就是一条美人鱼!

瘦　马　(尖叫一声)我的妈呀! 您弄来一条蜥蜴!

慕　飞　老黑,你这混蛋!

老　黑　这不是蜥蜴,这是鳄鱼。这不是一般的鳄鱼,这是世界上最为珍稀的奥里诺科鳄鱼,全世界的野生存量不过两百条。

瘦　马　快弄走，你这魔鬼。

老　黑　现在，富贵人家都流行养这个。我猜老爷一定喜欢。

无　惮　（近前观察着柜子里的鳄鱼）它很安静。

老　黑　静若处女。您再仔细看看，就会发现它很美。

瘦　马　赶快把它弄走，我受不了了。

牛　布　确有很多时髦女性，把这个当宠物养着。我记得有学者认为，中国文化里的龙，其原型之一就是鳄鱼。

慕　飞　我们老家那里把鳄鱼叫猪婆龙。

牛　布　扬子鳄又名鼍龙。

老　黑　（跷大拇指对牛布）牛先生好学问！我们这一行里，把它叫作富贵龙！想想吧，家里养着一条龙！

慕　飞　市长是属虎的。

牛　布　藏龙卧虎！

瘦　马　那不成了"龙虎斗"了？

牛　布　龙与虎更多的是相辅相成，虎踞龙盘。

无　惮　虎踞龙盘今胜昔，天翻地覆慨而慷！

瘦　马　快把这玩意儿弄走，我浑身都起鸡皮疙瘩了。

无　惮　（对老黑）我喜欢你这寿礼！

老　黑　（得意地）我就猜着您会喜欢！非凡之物，送与非凡之人。

无　惮　这奥里什么……

老　黑　奥里诺科鳄,原产于南美洲。

无　惮　这玩意儿能长多大?

老　黑　体长六米,体重一吨。

无　惮　这么个小柜子怎么容下它?

老　黑　老爷,这就要说说它的妙处了。您把它养在这小柜子里,十年后它也是这么大。

无　惮　(指指大鱼缸)如果把它放到这大鱼缸里——

老　黑　三年后即可长成一条巨鳄。

无　惮　(问牛布)这叫什么现象?达尔文研究过没有?

牛　布　是环境决定物种吧?

无　惮　但沙丁鱼在大海里长一辈子也只有几寸长。

牛　布　舅舅,这不是我的专业。

无　惮　对,你的专业,是把谬论论证成真理。(观察鳄鱼)好啊,奥里诺科鳄,富贵龙,我喜欢你这能屈能伸的种性。(问老黑)它吃什么?

老　黑　什么都吃,但不吃素。

无　惮　每天要喂它几次?

老 黑 您一天喂它三次也撑不死它,您一个月不喂也饿不死它。

无 惮 (对牛布)应该好好研究一下鳄鱼的性格,然后上升为一种精神。——还有,这条鳄鱼,是公还是母?

老 黑 您若不问,我还忘了。老爷,鳄鱼的雌雄,是由孵化时的温度决定的。

无 惮 怎么讲?

老 黑 鳄鱼蛋是不分公母的。同样一个蛋,孵化时的温度超过了31摄氏度,就是公的;低于31摄氏度,就是母的。

无 惮 太美妙了,这就是我后半生的研究课题了。

瘦 马 (对无惮撒娇)你真要把它留下?你留下它我就不跟你过了。

无 惮 (对老黑)你应该送给夫人一只鳄鱼皮制作的LV包包。当然,包里也别空着。

老 黑 明白。

瘦 马 一只包包就想收买我?没门儿!

无 惮 把窗户开大点就可以当门走了。——怎么着,是不是可以开饭了?

女 佣 可以了,老爷。

无　惮　好！开饭！

　　　　［吴巧玲上。

　　　　［众愕然。

　　　　［瘦马气哄哄地上楼。

　　　　［老黑知趣地离开。

无　惮　你怎么来了？

巧　玲　我不能来吗？

慕　飞　夫人，正好一起吃饭。

巧　玲　我不饿。

慕　飞　今天是市长生日。

巧　玲　我是他老婆！

慕　飞　对对对，我给您打过电话。

牛　布　舅舅，舅妈，我也告辞了。

无　惮　(对慕飞)你带牛先生去吃饭，我与她说几句话。

　　　　［慕飞带牛布下。

　　　　［楼上传来瘦马摔东西的响声。

无　惮　(无奈地摇摇头)坐下吧。

　　　　［巧玲默默地坐下。

巧　玲　我想问问你，你还管不管我们娘俩了？

无　惮　还要我怎么管?

巧　玲　你可以不管我,我这样的人,虽然活着,但早就死了。但小涛是你的儿子!

无　惮　他已经二十五岁了! 成年人了。他不上进,我有什么办法!

巧　玲　有你这样一个爹,他怎么能上进?

无　惮　平心而论,我这个爹还是及格的,甚至是优秀的。

巧　玲　你优秀在哪儿? 自从你当上了副市长,就在外面寻花问柳,你以为我不知道? 你以为小涛不知道? 嫌我们碍眼,你把我们娘俩弄到美国,一晃就是八年。

无　惮　(苦笑着)我这不是也来了吗?

巧　玲　可你是怎么来的? 你是逃来的!

无　惮　(怒拍桌子)够了,我他妈的已经这样了!

　　　　[慕飞上来劝解巧玲。

　　　　[巧玲放声大哭。

　　　　[瘦马穿着比基尼,狂笑着,沿着那根栏杆上的红绳跳入鱼缸。

巧　玲　(哭骂)狐狸精,你害了我们一家……

无　惮　(嘲讽而悲凉地)精彩! 接着往下演!

第二幕

第一场

[2008 年 5 月 5 日。

[基本同前景,但大鱼缸前摆着一个长约两米的透明玻璃柜,那条鳄鱼已经有一米多长。

[在舞台的一侧,摆着一张八仙桌,瘦马与老黑、魏局长(曾当过无惮那个市的文化局局长,借探亲之名滞留不归,也有贪腐问题),还有一位中年女人(大家都称呼她唐太太,其实她是国内金融界某贪官包养的"二奶"),他们在打麻将,慕飞扶着椅背站在瘦马背后。

[一个工人手持工具,在清理着鳄鱼柜。

唐太太 (掩鼻)真臭!

老 黑 鳄鱼粪便里含有美容物质,可以用来做面膜。

魏局长　居鳄鱼之肆,久而不闻其臭。

慕　飞　(对老黑)以后让你的工人早点来清理。

唐太太　养鳄鱼犯不犯法啊?

老　黑　犯法的事咱能做吗?放心吧,唐太太,咱已经去动物保护委员会注册了。注册名称为:情感支持动物。

瘦　马　你就能忽悠我们家老爷,让他鬼迷心窍。

老　黑　夫人哪,你难道没有发现,自从鳄鱼进了家门,老爷的精神和身体都大大好起来了吗?鳄鱼就是他的情感支持,就是他的精神支柱。

　　　　〔无悼坐在他惯常坐的位置上,抽着雪茄,与牛布和一位一身黑衣,戴着黑色棒球帽、黑口罩的女人谈话,她是一个行为艺术家,艺名叫灯罩。她的黑口罩上绣着一个白十字。在他们三人侧面,一台电视机正在播放奥运圣火从三亚的天涯海角开始传递的节目。他们的谈话便从这节目开始。

牛　布　(看一眼电视)瞧瞧,那个女的我认识,成了火炬手了,还面带笑容,跑得看上去还挺轻松愉快。

灯　罩　黄大师早就预言了,他们搞不成的。

无　惮　(嘲讽地)黄大师怎么说?

灯　罩　黄大师用中国的《易经》和西方的星相学都演算过,得出的结论是一样的——这事儿搞不成。

无　惮　说下去。

牛　布　鸟巢会在开幕式前起一把火。

无　惮　岂止是一把火?会起很多把火,焰火冲天而起,照亮北京夜空。

灯　罩　开幕式时天降暴雨,夹杂着鸡蛋般大的冰雹。

无　惮　鸡蛋般大,那太小了,像恐龙蛋那般大才过瘾。但是,黄大师不了解我们驱雨化雹的能力。

牛　布　舅舅,这黄大师确实有时不靠谱,但有时算得很准。反正,从某种意义上说,人民之心有时会与天意相通。

无　惮　人民之心是个啥样儿?说给我听。

牛　布　据我所知,无论是海外华人,还是大陆人民,对这场奥运会深表反感的可不是少数。

灯　罩　打肿脸充胖子!

牛　布　表面上轰轰烈烈,骨子里嘛……

无　惮　任你们冷嘲热讽,随你们邪火妖风,奥运会定会大获成功。

牛　布　舅舅,您的立场有点奇怪。

无　惮　奇怪吗?你们的意思是,我一个逃亡的贪官,应该恨那片土地,恨那片土地上的一切才对,是吗?

灯　罩　您起码应该站在人民的立场上,而不是站在官员的立场上。

无　惮　你们以为自己站在人民的立场上?呸!你们是被人民的肛门排泄出来的那种东西。——当然,我也是。

慕　飞　(对这边鼓掌)精彩!

瘦　马　精彩个屁,一手烂牌。

唐太太　刘秘书,你最好离牌桌远一点。

慕　飞　好好好。(他走到这边,手扶沙发靠背。)

牛　布　舅舅真幽默,人民的肛门,真是一个伟大的意象。不过,怎样理解呢?怎样想象呢?

灯　罩　谢谢您给了我灵感。我的下一个作品题目就叫《人民的肛门》。

无　惮　人民有心,人心所向;人民有眼,人民的眼睛是雪亮的;人民有口,防民之口甚于防川;人民有手,人民的铁拳砸碎旧世界;人民有耳朵,人民听到了你的召唤;人民有身体,把人民的冷暖挂在心上。人民什么都有,自然也有肛门。

灯　罩　(讥讽地)那要多大的一个肛门。

牛　布　在传统医学里,那地方叫作谷道。

无　惮　所以,人民是个集合概念,是善良、正直、勇敢、勤劳的劳动群众的集合概念。

牛　布　那么,舅舅,不善良不正直不勇敢不勤劳的人,就不能算人民了?

无　惮　也不能这么绝对,因为,人民就像一片大森林,森林里有各种各样的树。

灯　罩　那我们,还算是这森林里的树吗?

无　惮　(问二人)加入美国国籍了?

牛布和灯罩　没有。

无　惮　拿到绿卡了?

牛布和灯罩　拿到了。

无　惮　从名分上说你们还是中国森林里的两棵树,但中国森林里实际上已经没有了你们这两棵树,当然美国森林里也没有你们这两棵树。

灯　罩　但我们是活生生的人。

无　惮　是人,这没有疑问,但既不是中国人,也不是美
　　　　国人。

牛　布　我们还是中国人,但不是中国人民了。

无　惮　我还不如你们。

牛　布　舅舅,您其实是……怎么说呢,如果您不犯这点
　　　　小错误,您其实是可以步步高升的。

无　惮　(怨恨地)不要说我。

牛　布　这其实不能怨您。

无　惮　你安慰我!

牛　布　我同情您,舅舅,您应该放下包袱,改变立场。您
　　　　应该忘掉您那个曾经的市长身份,与我们站在一起。

无　惮　与你们站在一起? 与你们站在一起我能干什么?

牛　布　(从书包中掏出几张报纸)您看一下我们这一期
　　　　《真真理报》上对举国家之力办奥运会的批评。

无　惮　(接过报纸瞅了几眼,扔到茶几上)贵报还在办?

牛　布　在您的支持下,现在我们由不定期出版改为周二
　　　　刊,我们的订户已遍布美国、加拿大和欧洲,国内也有
　　　　人订。——我们有自己的秘密发行通道。

无　惮　（冷冷地）别忽悠我。

牛　布　（讪笑着）比实际情况当然会略有夸张——办报的人某种意义上就是吹牛的人。

无　惮　你是把跳蚤吹成牛的人。

牛　布　（掏出一个红包，放在茶几上）舅舅，这是您的稿费。

无　惮　什么稿费？

牛　布　您在我们报纸上发表作品的稿费。

无　惮　我什么时候在你们报纸上发表过作品？

牛　布　两个月前，给这鳄鱼换新玻璃柜那天，您不是即兴发表过一个演说吗？我回去整理了一下，发现分行断句后，竟然是一首振聋发聩的哲理诗，因为知道您不会同意发表，所以我就帮您起了一个笔名给发表了。您没收到样报？

无　惮　你给我起了一个什么笔名？

牛　布　墨言。

无　惮　扯淡，不是有人用这个笔名了吗？

牛　布　我们用的是墨斗鱼的墨，他用的是莫须有的莫。

无　惮　那还不如叫墨斗鱼。

灯　罩　我也觉得墨斗鱼这个名字好。我们老家形容有文化的人就说那人肚子里有墨水,墨斗鱼,一肚子墨水。

牛　布　好,那下次发表您的作品就用墨斗鱼做您的笔名。

无　惮　我说了什么?

牛　布　那是相当的精彩!

无　惮　可我一句也记不得了,那天我应该是喝多了。

牛　布　可见酒是诗的催化剂。

灯　罩　李白斗酒诗百篇。

牛　布　我也记不全了,只记得一句:鳄鱼在我心里,我在鳄鱼肚子里。回去我再找一下那张报纸给您送来。

无　惮　鳄鱼在我心里……我在鳄鱼肚子里……有点意思……这真是我随口说出来的?

牛　布　千真万确出自您口,我有录音。

无　惮　这么说,你每次来与我谈话都录了音?

牛　布　这是记者的职业习惯。

无　惮　今天也录了?

牛　布　(笑着)当然。

　　　　〔牛布从口袋里摸出录音笔,递给无惮。

无　惮　(摆弄着录音笔,放出微弱但清晰的谈话声)科技进步,一日千里啊,当初我们学校那位广东籍同学,手里提着一个四喇叭录放机,轰动了校园。我们录下自己的声音,翻来覆去地放着听,总感到与自己的声音不像。

牛　布　自己听自己的声音感到不像是正常的,听久了就像了。

　　　　〔无惮把录音笔扔到鳄鱼柜里,鳄鱼猛烈地从柜中跃起半个身子,把那支录音笔吞到口里。

　　　　〔牛布与灯罩惊讶地跳起来。

　　　　〔打麻将的人也受到了惊吓,纷纷站起,散乱地走过来。

老　黑　(恭维地)老爷生日,富贵龙翻腾,好兆头!

　　　　〔众人围绕到鳄鱼柜前。

牛　布　它竟然吞了我的录音笔。

无　惮　它吞了一个贪官和一个文痞的对话。

灯　罩　它吞了半部话剧。

魏局长　几天不见,它似乎又长了。

唐太太　不但是长了,而且还胖了。你们家的人好像都胖了。

瘦　马　　是吗？心宽体胖嘛。

唐太太　　你心倒是宽了,但我的心窄了。——钱又输光了。每次来你们家打牌,我都输得一干二净。

瘦　马　　下次让你赢!

唐太太　　承认了吧?(对无惮)市长,你要为我主持公道,你们家这匹瘦骡子是老千惯犯。

无　惮　　瘦马。

唐太太　　(讥讽地)再瘦的马也会下驹,可她……所以只能是骡子。

瘦　马　　总有一天你会看到骡子下驹。

无　惮　　输了多少?

唐太太　　两千元!

无　惮　　两千元,一点小钱嘛。

唐太太　　对你们家当然是小钱,但对我可不是小钱!

慕　飞　　堂堂的证券公司老板的太太会把两千元看在眼里?

唐太太　　(对瘦马)你是太太吗?

瘦　马　　(问无惮)我是太太吗?

无　惮　　你不是太太吗?

瘦　马　我当然是太太,我是这单府里说一不二的太太。

唐太太　小声点,别被它听到。

瘦　马　它是谁?

　　　　〔唐太太冷笑着指指鳄鱼柜。

　　　　〔鳄鱼仿佛要回应她的指点似的,猛烈地翻腾起来,柜子里的水花溅出来。

　　　　〔女人发出惊叫。

唐太太　天哪,它竟然能听懂人话,成精了哟……

　　　　〔唐太太从衣架上摘下外衣,顺手从桌上的零钱盒里抓了一把。

瘦　马　少拿点。

唐太太　(理直气壮地)总要让我叫辆的士回家吧?

　　　　〔唐太太下。

慕　飞　(不屑地)这是什么人呀!

牛　布　她男的好像被"双规"了,据说从她家的一套空房子里搜出两亿现金,清点时用坏了几台点钞机。

灯　罩　(义愤填膺地)这些硕鼠,偷空了国库! 应该把他们统统剥皮楦草!

无　惮　(身体往后一仰,长叹一声)你很有正义感嘛,应该回去,到反贪局上班。

灯　罩　如果我回去,当然可以去反贪局工作。

牛　布　(低声)她姨父是梅副省长。

灯　罩　我不沾他的光。

牛　布　换一角度来看呢,这些贪官的行为,也有积极的意义。

　　　　　[无惮坐直,表现出认真倾听的样子。

牛　布　列宁说过,堡垒最容易从内部攻破。这些人,其实并不是贪官,他们是帮我们从内部攻堡垒的人。我相信,这些所谓的"贪官",都受雇于西方的情报机关,他们正以独特的方式,完成这个混乱的时代赋予他们的神圣使命。

无　惮　(讥讽地)屁话! 你这样说,贪官们都不会同意。首先我就不同意。我是贪官,但我,没卖国,甚至,我还爱国,很爱国,我他妈的从来没像现在这么爱国!

瘦　马　我看你们纯属吃饱了撑的! 一群贪官污吏文痞艺丐,在美利坚合众国一栋别墅里,谈什么祖国啊,人民啊……这也太黑色幽默了吧?

老　黑　太太说得对,应该谈一点实在的,不谈虚的。草民关心的都是与自己相关的事,开餐馆的关心顾客,卖花的关心花朵,卖热带鱼的关心热带鱼,当然我也关心鱼缸,关心鱼食,关心鱼缸里的附属设施,当然,我也关心鳄鱼。

　　[鳄鱼又是一阵翻腾。

老　黑　太棒了,这是一条能听懂人话的鳄鱼,而且懂的是汉语。

　　[众人围拢在鳄鱼柜前。

瘦　马　(对老黑)你赶快把这个丑八怪给我弄走。

老　黑　太太,您仔细看看,它多漂亮啊。你看它那身体上流畅的线条,你看它朴素而又华贵的皮肤,你看看它的眼睛,那金色的眼球、漆黑的瞳孔,无论你从哪个角度看它,都会发现它在看着你。还有它坚挺的尾巴、长长的吻部、突出的鼻端、有力的四肢、锋利的洁白的牙齿,只要我们能认真地观察它,就会发现,它就是大美若丑的典型……

慕　飞　老黑谈起鳄鱼,才真正显露出才华,你不是个生意人,你也是个诗人,鳄鱼诗人。

瘦　马　你必须尽快把它弄走,最迟不过明天。

老　黑　为什么,太太?

瘦　马　我每天夜里都梦到这个丑八怪爬到了我的房间,像一截烂木头一样趴在我的床边,我甚至能嗅到它身上散发出的又冷又腥的气味……

老　黑　太太,这说明您对它已经有了感情,要不怎么会梦到它呢?

瘦　马　呸! 你这个心怀鬼胎的鱼贩子,你把这么个怪物搬来我家,最终就是想让它吃掉我们吧。

老　黑　冤枉,太太,弄这样一条纯种的奥里诺科鳄可不是一件容易的事。这是濒临灭绝的生物,它就是活历史,它的脑子里有数亿年前的远古记忆,如果我们将来能将它头脑中的想法破译,那我们就基本上解开了这个宇宙的终极秘密……

无　惮　(欣赏地)说下去。

老　黑　我不说了,明天我去教堂帮您要本《圣经》,那上面也有关于鳄鱼的大段论述。

无　惮　《圣经》里怎么说的?

老　黑　我不知道《圣经》是怎么说的,我是听我的客户于小姐——您知道她是谁吗? 说出她姥爷的名字,保准吓您一个跟斗——她是虔诚的基督徒,能大段大段地背诵《圣经》,是她对我说《圣经》里有很多关于鳄鱼的描写。

无　惮　她也养鳄鱼吗?

老　黑　她家有一个小型的鳄鱼养殖场,养了六个品种一百多条鳄鱼。

无　惮　那已经是大型养殖场了。

老　黑　于小姐养鳄鱼发了大财。

慕　飞　养那玩意儿还能发财?

老　黑　发大财。下周国内来一个考察团,我一定促成这件事,让鳄鱼在中国成为一个大产业。其实,真要发大财,那还是在中国。

慕　飞　那你怎么不回去?

老　黑　我不是犯过事吗……不回去也可以发财呀!他们说奥运会后中国房价要大涨,我已经让亲戚给买了两套……

无　惮　你上次说鳄鱼肉可以包饺子。

老　黑　是的,我在于小姐家吃过。

无　惮　味道怎么样?

老　黑　味道好极了,我可以负责任地说,鳄鱼肉饺子,是我吃过的味道最好的饺子。为了祝贺您的生日,我在于小姐家的餐馆订了两百个鳄鱼肉饺子,(抬腕看表)马上就要送到了。

　　　　［牛布与灯罩站起来。

牛　布　舅舅,我们告辞了。

无　惮　马上就要送到的可是鳄鱼肉的饺子。

牛　布　(看一眼灯罩)你下午的表演几点开始?

灯　罩　两点。

牛　布　那还真来不及了。

瘦　马　表演什么节目?

灯　罩　玻璃枷。

牛　布　下午两点她会准时跪在领事馆门前,脖子上戴着一个沉重的玻璃枷。

灯　罩　真正的玻璃,非常锋利,不小心就会把脖子上的动脉切破。

瘦　马　跪多久?

灯　罩　能跪多久就跪多久。

牛　布　舅舅,这个行为艺术象征意义丰富,效果十分震撼。她去年在欧洲十几个国家巡回表演过,引起了当地媒体的广泛报道。

无　惮　你们应该用钢铁或是紫檀木做枷。

灯　罩　我们把玻璃做了特殊处理,使玻璃上布满裂纹,随时都会迸裂成碎片……

慕　飞　其实那裂纹是一种花纹,那玻璃也许是很像玻璃的其他什么东西。

灯　罩　我抗议!你这是对我们神圣的行为艺术的污蔑。

牛　布　刘秘书,我以人格担保,玻璃是真玻璃,裂纹也是真裂纹。

无　惮　这是你们的原创吗?

牛布和灯罩　(同声)绝对原创。

无　惮　(将那个装稿费的信封递给灯罩)我支持你们的原创。

牛　布　舅舅,这是您的稿费,您还是自己留着。

无　惮　我家里只有这点钱是干净的,其余的都来路不正。

瘦　马　你胡说!

无　惮　我真还没胡说。(鳄鱼在柜里又是一阵翻腾。无惮站起来)老黑,知道它为什么闹腾吗?

老　黑　它应该是饿了。

无　惮　它嫌这个柜子太小了。

老　黑　如果您同意,我马上去定制一个三米长的。

慕　飞　市长,您别忘了,柜子越大,它长得越快。

无　惮　我始终觉得这是一个传说,尽管我确实目睹了第一次换缸之后它怎样以每天两厘米的速度增长着自己的身体。

瘦　马　长大了它要吃人的。

无　惮　(问老黑)如果有充足的鱼和肉供应着,它还会吃人吗?

老　黑　我想应该不会,我听我爷爷说,虎和狼只有饿急了才会吃人,鳄鱼应该也这样。

无　惮　老黑,立刻去定制一个大鱼缸,我要亲眼看着它由一米多长到两米多。

瘦　马　(对老黑)不要听他的!

老　黑　那我听谁的?

瘦　马　听我的,明天,你必须把这个怪物从这里拉走,(指指热带鱼缸)连同这玩意儿也拉走!这里本来就潮湿,再加上这么个大鱼缸,每天散发着腥咸的潮气,这个家都要发霉了。

无　惮　（冷冷地）银行存款的密码都记在这里（指脑袋），我在这里唯一有用的技能是将银行的存款拨到某张卡上或某个账户。这就保证了我在这个家里的地位。——其实不是家，是一个团伙。

老　黑　您放心，我这就去联络。

　　　　［老黑起身下。

　　　　［牛布与灯罩告别后下。

　　　　［女佣端着一大盘饺子上。

女　佣　老爷，外卖到了。

无　惮　二位请吧！俗话说得好，舒服莫如躺着，好吃还是饺子。而且还是鳄鱼肉的饺子。

瘦　马　吃了鳄鱼肉，你身上就会长出鳞片！

无　惮　这正是我盼望的。

　　　　［瘦马愤愤地上楼。

慕　飞　市长，您该吃饭了。

无　惮　那边有什么消息吗？

慕　飞　（低声）听大嫂说，小涛公子失踪了。

无　惮　（长叹一声）是福不是祸，是祸躲不过。该来的都来吧。反正我已经这样了。

慕　飞　最近连续发生了几起入室抢劫的案件,而且抢的都是……

无　惮　都是什么?

慕　飞　都是类似我们这种情况。

无　惮　请保安?

慕　飞　我建议买把手枪。

无　惮　竟然可以买枪?

慕　飞　我和瘦马入了籍,我们可以买。

无　惮　这主意不错,买一把,万一我啥时活腻了,就一枪把自己崩了。

慕　飞　市长超级幽默。

第二场

[两天后。同前景。

[四个工人，其中一个黑人，一个拉美人，两个亚洲人。四人抬上场一个棺材形状的无盖透明柜子。

[老黑用洋泾浜英语指挥着工人。

老　黑　小心点，小心点，对对对，先放在这里，小心，小心……

慕　飞　（低声）老黑，你他妈的什么意思？

老　黑　（诧异）怎么了，刘主任？

慕　飞　这分明是个棺材嘛！

老　黑　（笑）刘主任，您这就不懂了。这是新近在富豪圈流行的鱼缸样式——棺材——官财——当官发财，这不正符合单老爷的身份吗？

慕　飞　我跟你说好，要是单老爷不喜欢，你必须抬回去。

老　黑　那是自然，一切为了让老爷高兴嘛。但是，根据我对老爷的观察和了解，他一定会喜欢这个款式。

慕　飞　你那么肯定？

老　黑　我们生意人，如果不察言观色，那是要饿肚皮的。

慕　飞　接着说。

老　黑　老爷心胸豁达，不拘小节，看破生死，勇于创新，行为无常，出语幽默，想常人所不敢想，做常人所不敢做……

慕　飞　什么乱七八糟的！其实，我们老爷最大的特点是宽容，尤其是对你们这些小奸小坏小骗子，他是能装糊涂就装糊涂。

老　黑　大事不糊涂，小事装糊涂。你家单老爷，是个大人物。空有经世才，惜无施展处。

慕　飞　行啦，别脱口秀了，赶快干，趁着老爷子还没起床。

老　黑　好嘞，(指挥工人将鳄鱼从小柜子移往大柜子)小心点，对，先用绳圈套住它的嘴。

　　　　[工人用带柄的绳圈套住鳄鱼的嘴巴，然后一齐

发力,将鳄鱼移至大鱼缸。

[鳄鱼一动不动,如同一截朽木。

[在老黑指挥下,四个工人将空出来的小鱼柜抬下。

慕　飞　多少钱?

老　黑　您看着给。

慕　飞　看着给?你有那么豁达吗?

老　黑　瞧您说的。

慕　飞　(递给老黑一个信袋)老规矩。

老　黑　(捏捏信袋)好像厚度不够。

慕　飞　新钱。

[无惮穿着睡袍上。

慕　飞　市长早!

老　黑　老爷早!

无　惮　一早晨,就听着你们在这儿吆喝,还让不让人睡觉了?

老　黑　对不起,老爷,其实,我们是压低了嗓门的,生怕惊扰到您。

慕　飞　想给您一个惊喜呢,让您一起床就能看到您心爱的鳄鱼已经生活在宽敞亮堂、不影响它生长发育的新环境里了。

无　惮　（走近玻璃柜，打量着柜里的鳄鱼）好！鳄鱼舒坦了，我就舒坦了。鳄鱼就是我，我就是鳄鱼！

老　黑　我斗胆揣摩，您老人家对这柜子的形状也一定是满意的吧？

无　惮　还缺一个盖子。

老　黑　老爷，鱼缸没有带盖子的。

无　惮　没有盖子，怎么能盖棺定论呢？

老　黑　老爷，这不是棺材，这是鱼柜，做成棺材形状，只为讨个口彩。

无　惮　虽然是个鱼柜，但完全可以当棺材使用——好像是为我度身定制的嘛——帮我预备个盖子。

老　黑　单老爷的幽默天下第一……如果真要定制，是要同等材质呢，还是……

无　惮　你随便。

老　黑　上边要不要刻上点什么呢？

无　惮　这里的人都刻什么？

老　黑　去年台湾李老板去世，他在棺盖上刻着"寿终正寝"。

无　惮　还有刻什么的?

老　黑　前年香港白老爷去世,他的棺盖上刻着"往生福地"。

无　惮　俗。

老　黑　老爷您自己出词。

无　惮　"罪该万死"。

老　黑　老爷开玩笑。

无　惮　你看我像是开玩笑吗? 就是这,"罪该万死""罪该万死"。

老　黑　老爷真是看破了生死的高人,其实生就是死,死就是生。

无　惮　我一直想知道你来美国前是干什么的。

老　黑　我说过了,老爷,倒腾观赏鱼,兼卖各种养鱼器物。

无　惮　因为从你的话里,偶尔会透露出一些知识分子的味儿。

老　黑　老爷您逗我玩吧,我身上有鱼腥味,但绝对不会有知识分子味。

慕　飞　知识分子是什么味?

老　黑　应该是廉价的香水与上好的老陈醋调和在一起的气味。

无　惮　还应再搅和上一杯咖啡半块臭豆腐。

慕　飞　隔夜的蒜泥加两勺。

　　　　[瘦马披着睡袍,披散着头发从楼梯上下来。

瘦　马　再加一瓶老虎尿。

　　　　[众笑。

慕　飞　绝密配方,必将风靡全球的知识分子专用饮料。

老　黑　(神秘地)这会是一种什么味道?

无　惮　大概类似于雪碧与葡萄酒混合的味道。(若有所思)该死的混合饮料,暧昧的味道。

瘦　马　(对众人)你们知道我们的市长大人是什么意思吗?

　　　　[众人不解。

瘦　马　他想起了当年那些风花雪月的事。

无　惮　闭嘴。

瘦　马　不可能!

无　惮　那就请你像墨斗鱼一样,把你满肚子的黑水连同内脏一起喷出来吧。

瘦　马　总有一天我会说的,我不但要说,我还要写,添油加醋地写,望风捕影地写,我要用生动的细节把谎言证明得比真实还真实。

无　惮　如果做到了这一点,你将成为一个不错的作家。

瘦　马　呸,我最瞧不起的就是国内那帮作家。

无　惮　你是不是吃了什么药了?

瘦　马　我昨天晚上读了一本书,才明白了,我之所以落到今天这种狼狈境地,就是你这个坏蛋造成的,而你这个坏蛋,是披着红色外衣混到革命队伍里来的白匪,是披着羊皮混到羊群里的狼,而我,是煤矿工人的女儿,身上流淌着无产阶级的血液,但不幸中了你的圈套,蜕变成了一个阶级异己分子。

无　惮　你父亲是个小煤窑主,他在自家房子后盗挖国家的煤炭,导致瓦斯爆炸,造成重大伤亡。如果不是你为他求情,应该判他无期徒刑,但最终只判了他五年,服刑两年,就办理了保外就医。

女　佣　(过来)老爷、太太请用餐。

无　惮　(对老黑)你确保,换柜后它一天能长三厘米?

老　黑　老爷,我担保,在这个柜子里,一年内它如果长不到两米半,你把我扔到柜子里去给它当点心。

无　惮　如果把它放到那个五米长的大鱼柜里,它能长到几米?

老　黑　最少三米。

无　惮　如果放到院子里的游泳池里呢?

老　黑　我估计,它将长到五米。当然,必须保证有充足的食物供应,最好是活鸡活鸭活兔活猪。

无　惮　活人呢?

老　黑　老爷又玩黑色幽默了。

无　惮　好吧,老黑,先让它在这个玻璃棺材里住一段,然后就把它移到那个大鱼柜里。

慕　飞　那这些昂贵的热带鱼可就要倒霉了。

老　黑　还需要对这个大鱼柜进行改造,一半是水,一半是沙,因为鳄鱼更喜欢趴在沙滩上闭目养神。

瘦　马　我会尽快地把这个怪物毒死。

无　惮　投毒是无耻的犯罪,你应该与它决斗,如果你能用一把刀将它杀死,那是可以的。

瘦　马　不用刀,我用牙齿、拳头,也可以咬断它的脖子,把它的脑袋捣成烂泥。

老　黑　听老爷与太太拌嘴,胜过听相声。

瘦　马　我跟了他这么多年,啥都没学会,就学会了吵架!

无　惮　(指指鳄鱼)你会爱上它的。

瘦　马　天哪,你真敢用词,爱,爱能随便用吗? 这世界上只有恨,哪有什么爱? 即便曾经有过,那也是充当欲望的遮羞布。所以,所谓的爱,都是交易,最终都会转化成恨。

无　惮　你进步很快,已经可以为《真真理报》写社论了。

瘦　马　那烂报纸,只能当生壁炉的引火纸。

无　惮　擦屁股不行吗?

瘦　马　用报纸擦屁股的时代早过去了。

无　惮　忘记过去就意味着背叛。

瘦　马　该背叛的就得毫不犹豫地背叛。

无　惮　好! 我就欣赏你这种劲儿! 我最怕的就是哼哼唧唧,哭哭啼啼。——昨天那份《真真理报》看了吗?

瘦　马　我吃饱了撑的?

无　惮　(问慕飞)你看了吗?

慕　飞　大概地翻了翻。

无　惮　必有一条消息会令你眼前一亮。

慕　飞　眼前没亮,是一黑。

无　惮　简单地说给她听听,为什么眼前一黑。

慕　飞　我市政协副主席老吴,让他侄子吴楚在雷桂香的
车里安了一个爆炸装置。

瘦　马　是吴老结吗? 如此毒辣,雷桂香可是为他生了一
个儿子的。——炸了吗?

慕　飞　炸得七零八落。

无　惮　吴子和,略有口吃,但讲话很有魅力,人送外号吴
老结。他在 B 县当县长时,即与这个当时在县政府招
待所当服务员的雷桂香好上了。后来他利用职权,帮
雷转成了事业编,又提拔她当了土地管理局办公室主
任,还把她的弟弟妹妹,连同她的父母都转成城镇户
口。但她一直为了名分催逼吴子和离婚,而吴子和的
原配坚守阵地,寸土不让,雷桂香要吴子和赔她三百
万,否则要到纪委举报。她把吴子和逼急了,于是……

瘦　马　我可没逼过你……

无　惮　即便你逼我,我也不会像吴子和那样,用这样笨
拙的方式杀人灭口,结果人杀了,口灭了,自己也身败
名裂。

瘦　马　吴老结可是你一手提拔起来的,你们是一丘之鹿。

无　惮　一丘之貉!

瘦　马　我偏要读一丘之鹿,你管得着吗?

无　惮　坦率地说,吴老结这头鹿还是有能力的,只可惜他睡了不该睡的女人,而且用错误的方法,把一个淳朴的农家女子,培养成了一条贪得无厌的鳄鱼,然后又以最糊涂的方式试图一劳永逸地解决这条鳄鱼。其实,既然连炸弹都敢往女人车上装,还有什么好怕的?

瘦　马　既然连炸弹都敢装,怎么连个婚都离不了? 雷桂香要的就是一个名分。

无　惮　名分真的那么重要吗?

瘦　马　对女人来说,名分就是生命。

无　惮　总有一天人们会认识到,所谓的名分其实是套在脖子上的枷锁。

瘦　马　我宁愿套着枷锁!

　　　　[老黑悄悄地溜下。

无　惮　(对老黑的背影喊)你搞点有营养的东西来,我希望能看到它尽快地长成一个庞然大物。

瘦　马　（对老黑背影）给我买剧毒的药物,一克能毒死

一条鳄鱼那种。（转问慕飞）什么药物最毒？

慕　飞　（讪笑着）应该是耗子药吧？我记得我们老家集

市上有个卖耗子药的老汉,他在集上喊：耗子药,耗

子药,老谭秘制耗子药,百发百中真有效;耗子吃了我

的药,满地打滚喊口号;公耗子吃了咬死母耗子,母耗

子吃了咬死公耗子,只要有一只耗子吃了药,全村耗

子都报销。

瘦　马　那就请你去给我买一包这样的耗子药。

慕　飞　后来,村子里一个妇女与丈夫打架,一时想不开,

买了两包老谭的耗子药吃了,然后换上新衣,躺在炕

上等死,结果美美地睡了一觉。那妇女到集上去找老

谭算账,说他卖假药,老谭笑道,我卖的是耗子药,人

吃了自然无效。那女人道,都说你是傻瓜,我看你比

谁都精。

无　惮　装傻真是大智慧啊！

女　佣　老爷、太太,早餐准备好了。

无　惮　好吧,我们边吃边吵吧。慕飞,你与我们一起吃吧。

慕　飞　你们吃,我要去一趟教堂,马神甫帮我弄了两本简

体字横排版的《圣经》。另外,您选定的"酒保"——.22 Barkeep 转轮手枪到货了。

无　惮　好,赶快去取,赶快去取,我要看看伟大的《圣经》是如何描述鳄鱼的。我更想试试用转轮手枪能不能打碎鳄鱼的脑壳。

瘦　马　你既然养着它,为什么要打死它?

无　惮　我内心深处有两个执着的声音在召唤着我,一个喊:让我研究鳄鱼,让我观察鳄鱼,让我明白上帝为什么要创造出这样一种生物……一个喊:打死它,打碎它的脑壳,让它停止生长……

瘦　马　卖耗子药那人装傻,我看你是装疯。

无　惮　装疯比装傻难度大,不过,我应该可以胜任。

第三场

[慕飞拉胡琴,无惮演唱《秦琼卖马》的唱段。他的嗓子一般,但唱得有板有眼:店主东带过了黄骠马,不由得秦叔宝两泪如麻。提起了此马来头大,兵部堂黄大人相赠与咱。遭不幸困至在天堂下,还你的店饭钱无奈何只得来卖它。摆一摆手儿你就牵去了吧,但不知此马落于谁家。

[牛布与灯罩上。他们二人抬着一件用纸壳包起来的东西,显得很沉重的样子。

牛 布 好!

灯 罩 你小心点,别砸了我的道具。

[瘦马出现在二楼上,手扶着栏杆。

瘦　马　（嘲讽地）英雄落魄，这都穷得要卖马了。

无　惮　（对慕飞、牛布）那时的人物，还是有英雄气概，
　　　　为朋友两肋插刀，仗义疏财。

牛　布　其实，我觉得舅舅的气质，更像单雄信。

慕　飞　一笔难写两个单字，一千年前是一家。

无　惮　一家又怎么样？不一家又怎么样？兄弟反目、父
　　　　子成仇的事比比皆是，还不如讲义气的江湖兄弟靠得
　　　　住呢。

瘦　马　秦琼卖黄骠马，单老爷很快就要卖瘦马了。

无　惮　（长叹一声）还是那句老话：我都他妈的这样了。

牛　布　舅舅，物极必反，否极泰来，山重水复疑无路，柳
　　　　暗花明又一村。

无　惮　说得也是，我既然都这样了，也就没他妈的好顾
　　　　虑的了，杀人不过头落地，穷到讨饭不再穷——开始
　　　　吧，你们两个要给我表演个什么节目？

牛　布　就是上次说过的那个行为艺术"玻璃柳"。

灯　罩　已累计表演七十六场，在联合国总部、柏林墙下、
　　　　巴黎凯旋门下、埃菲尔铁塔下、伦敦西区……都曾引
　　　　发当地媒体热评。

[牛布与灯罩拆开包装,显露出那个看起来像玻璃的装置。

无　惮　有点意思,演来。

　　　[牛布帮灯罩把那个玻璃枷套在脖子上。灯罩跪下。

无　惮　这枷真是玻璃吗?

牛　布　真的,不小心就会割断颈部大动脉。

慕　飞　够刺激。

瘦　马　应该在脖子上弄一条流血的伤口,那样才刺激。

牛　布　夫人的意见可以参考。

　　　[女佣上。

女　佣　(对慕飞、瘦马)夫人、主任,出租车到了。

慕　飞　(对无惮)市长,那我们去了。

无　惮　还回来吗?

慕　飞　市长,瞧您说的。

瘦　马　他这是刺激我走呢。老爷,我还要跟您拜堂成亲呢,你想逼我走? 没门儿。

无　惮　那就早去早回。但愿你回来后不要对我说:老爷,我怀孕了。

[瘦马与慕飞下。

无　惮　他们都走了,你们可以说了,为什么要跑到这里
来耍这把戏?

牛　布　舅舅,据我所知,国内有关部门已经盯上了您,他
们已向美方提出了引渡您的要求。

无　惮　好! 好戏就要开场了。

牛　布　舅舅,您的行事风格的确与众不同。我认识一些
与您身份类似的人,他们深居简出,即便外出,也要化
装易容,生怕泄露了行踪;可是您却大张旗鼓,把日子
过得轰轰烈烈。好像您不但不怕被人发现,而是唯恐
不被人发现。

灯　罩　(对牛布)你倒是给我拍几张照片呀!

牛　布　(一边为灯罩拍照,一边对无惮说)舅舅,所以我
真的怀疑您是怀有特殊使命,被当局派出来的。

无　惮　(大笑)我多么希望你的猜想是真的啊! 但我的
确是一个搞过权色、权钱交易,犯有严重罪行,逃避惩
罚的在逃贪官。

牛　布　国内已经开始天网行动,舅舅,容我坦率地说,您
的结局,一是被引渡回去,二是您自己主动回去。

无　惮　你们以为,我是被引渡回去好呢,还是主动回去好呢?

牛　布　舅舅,无论是被引渡回去,还是您自己回去投案,等待您的都是监狱,然后是电视、报纸、网络的公开曝光,您作为一个反面教材会被全国人民所熟知,所唾骂。舅舅,我懂您,如果让您从中选一,您一定会选主动投案,但对您这样一个血性男儿,被千夫所指、万众唾骂,那是巨大的侮辱。再说,您好不容易逃出来了,哪能轻易地回去呢?

无　惮　那你说我该怎么办?

牛　布　我有两个主意,供舅舅参考:一,悄悄地联系一家整容医院,(打量着无惮的脸)把眼袋去除,单眼皮改成双眼皮,把鼻梁垫高,如果再把颧骨削低,下巴削尖,再定制一个高级的发套,舅舅,我敢担保没人能认出你来了。

无　惮　改头换面,小打小闹。

牛　布　如果舅舅想彻底改变容貌,那也不是难事,无非是多花点钱,麻醉时间长一点。

无　惮　能把我变成什么样子?

牛　布　可以接近于某位家喻户晓的明星,也可以接近于某位青史留名的政要。

无　惮　能变成一个女的吗?

牛　布　(拍掌)舅舅,您是革命性的思维,对,干脆做个彻底的,易容变性,让最亲的人也认不出来。您这体态和脸型,舅舅,应该能变成一位丰满的中年妇女,很性感的那种,半老徐娘。

无　惮　好主意,但我的嗓音变不了,熟悉我的人,一听声音就知道是我。

牛　布　舅舅尽管放心,变性之后,您的声音会变细的。

无　惮　但我的思维变不了。

牛　布　女性的身体,男人的思维,这不正是女中丈夫吗?

无　惮　好。

牛　布　那我下周就去联系医院。

无　惮　可要是做不成功呢? 那我不成了太监了吗?

牛　布　舅舅,其实,很多人看上去像个威猛男子,但精神上早就是太监。

无　惮　这样吧,为了保险起见,你先去做个手术变成女的,如果成功了我再去做。

牛　布　舅舅,这就是您不厚道了,领导干部应该率先垂范,再说,这主意还是您先提出来的。

无　惮　可我早就不是领导干部了,我是一个背叛祖国的逃犯,已经降到了道德下限,你让我这样的人去率先垂范,这不等于让小偷去搞慈善吗?

牛　布　舅舅,人其实是不可理喻的。我觉得,在某些情况下,最乐意做好事的恰恰是小偷。

无　惮　这话说得好,有辩证法。好吧,那就不提这事了,你也不去做,我也不去做,咱们继续当男人。

牛　布　舅舅,为了避免您被弄回去蹲大狱,我还为您,不,是我们(指指带着枷跪在地上的灯罩),我们为您设计了另一套计划。

无　惮　(很有兴趣的样子)说来。

牛　布　舅舅,让您改头换面隐姓埋名,像个老鼠一样生活,这不符合您的个性,也浪费了您这个人才。所以,我们建议您索性堂堂正正、轰轰烈烈地跟我们一起干。

无　惮　说下去。

牛　布　(指灯罩)她的一位朋友,是中情局一位负责中国事务的官员,他听我们介绍了您的情况,对您很感兴趣。

无　惮　说,说下去。

牛　布　他建议您首先发表一个声明,当然是在我们《真真理报》首发,声明您之所以贪污受贿,就是要从内部掏空共产主义的大坝,您是用一种独特的方式来进行颜色革命;然后,我们一起先在美国各州,然后到世界各地去表演,去演说,去揭开中国表面光鲜亮丽的画皮,显示其内部的腐败。这样,您就成了一个与共产主义做斗争的英雄,美国政府就会大力庇护您,您要绿卡,他们立即发您绿卡,您要入籍,他们马上安排您在星条旗下宣誓,只要您成了美国公民,什么样的天网也网不到您了。

无　惮　你刚才说,我们一起去美国各州,然后是世界各地去巡回表演?

牛　布　是的,旅行经费,灯罩的朋友会帮我们解决。

无　惮　我们演什么?

牛　布　(指指灯罩)我们每人都在脖子上套一副玻璃枷,跪着,一声不吭地跪着。

无　惮　我们面前是否还要摆个收钱的器物？塑料托盘，或是一顶礼帽？

牛　布　那样就削弱了我们这行为艺术的政治批判性了，不过，如果能有点进账……政治意义嘛——我们可以在收钱器物旁立一块牌子，说明这是募捐，善款将全部用来救助中国的苦难人民。

无　惮　我记得曾有人揭露过你，说你曾经带着女友化装成学生去募捐，但捐来的钱被你们到豪华饭店去开了房。

牛　布　确有此事，但那是我年轻时犯的错误。而且，从另一角度看，也不算什么错误，你们成千上万地贪，我们骗几个小钱，也算是一种温柔的反抗。

无　惮　我突然记起，你们报社的头儿说过，之所以不能提拔你当副主任，是因为你睡了同事的老婆，还顺走了人家一个价值不菲的玉镯——

牛　布　舅舅，我承认在国内时我是个骗子、小偷、利欲熏心的小人，但近朱者赤近墨者黑，在那样的环境里，我不可能学出什么好来。但我来到美国后，在这片山清水秀，连空气都甘甜如蜜的环境里，我的灵魂得到了升华,我现在是一个纯洁的人、高尚的人,是一个绝对的利他主义者,甚至可以说我是一个为了拯救苦难中的同胞甘愿自我牺牲的圣徒。

无　惮　好!我要为你能把假话说得这样漂亮喝彩。

牛　布　那怎么着,咱们开始行动?(从书包里掏出一沓纸)这是我为您起草的声明,您过目一下,如果可以,就在下期《真真理报》发表,当然,我们也可以出号外。

　　　　[灯罩站起来,示意牛布帮自己卸枷。

无　惮　(屈起中指敲枷)到底还是有机玻璃。

灯　罩　去年在纽约表演时用的是真玻璃。但那玩意儿的确又沉重又危险,当然,悲壮感特别强。

无　惮　这不是欺世盗名吗?

灯　罩　艺术的本质就是用虚拟和象征来表现现实、批判现实。

牛　布　别对舅舅说这些,舅舅啥都明白。

无　惮　也不是啥都明白,有机玻璃和普通玻璃的大概区别我明白,男人与女人的基本区别我也明白,鳄鱼与鲨鱼的区别我也明白,但你们俩来找我的真正目的我不明白。

牛　布　舅舅,首先我们不是为了钱,这个你应该明白。

无　惮　我的确没给过你钱,而且你也没开口向我要过钱。

牛　布　我当然有跟您要钱的念头,甚至有好几次,要钱的话都到了嘴边,但我都咽了下去。我想做人还是要有点志气的,不能为五斗米而折腰。

无　惮　不错,我赞赏你这点自尊。其实,我一直等待着你开口,给一笔巨款的可能性是不存在的,但给万儿八千的那是完全可能的。

牛　布　舅舅,我真的感觉到您很亲,就跟我亲舅舅一样,甚至,我感到您就像我的父亲一样。您毫无疑问是个坏人,但您坏得有魅力,您坏得很浪漫,您坏得像个艺术家。

无　惮　真会夸人,我那儿子,要有你一半机灵,我就心满意足了。

牛　布　舅舅,您说到了公子,当然,我也可以称他为表弟,小表弟。我也就趁着这位瘦马夫人不在,说几句旁观者清的话。

无　惮　请讲。

牛　布　我说了您可不要生气。

无　惮　怎么会?

牛　布　您可不要在她面前出卖我。

无　惮　那你就别说了。

牛　布　我还是说吧。

无　惮　随便。

牛　布　我怀疑他们不是去看病,而是去开房。

无　惮　开房,开什么房?

牛　布　舅舅,你装什么糊涂,开房的多半不是夫妻,夫妻
　　　　多半不开房。

无　惮　噢,你是说开那种房啊,这不是好事吗? 男欢女
　　　　爱,连上帝看到都会祝福他们。

牛　布　舅舅,你简直是当代的圣人啊。

无　惮　我自觉着也像个圣人。

牛　布　(压低嗓门)我担心他们俩拐带着您的财产私
　　　　奔了。

无　惮　私什么奔啊,如果真要走,他们可以公开地走,
　　　　公奔。

牛　布　可财产呢?

无　惮　财产是身外之物。

牛　布　人不在了,当然是身外之物,但人在着,就必须与物为伴,没有物就活不下去。

无　惮　你说得不错。

牛　布　我知道这栋别墅是在她的名下,按美国法律来讲,您只是一个寄居者。他们倒真也不须私奔,我担心您有一天会流落街头,无家可归。

无　惮　怪瘆人的,我堂堂的一市之长,最终竟然流落美国街头,冻死在垃圾堆里。不过,这倒是一个很好的反面典型。

牛　布　所以,舅舅,您应该跟我们干,轰轰烈烈干一场。还有,您银行里的存款我们可以帮您打理。还是那句话,我们不要钱,只是想帮您。

无　惮　你们可以走了。(喊女佣)小辛,弄点肉来,喂喂鳄鱼。

牛　布　舅舅,您再好好想想。

无　惮　再见! 不要再见了。

第三幕

第一场

[场景基本同前。

[瘦马与慕飞坐在餐桌边喝咖啡。

瘦　马　（低声）哎，你发现没有？

慕　飞　发现什么？

瘦　马　我发现他的神经似乎出了问题。

慕　飞　市长是意志坚定的人，你和我疯了，他也不会疯。

瘦　马　自从他收到了那封从门缝里塞进来的信，他就整天自言自语。

慕　飞　他是在吟诗。

瘦　马　他的脸上还会出现一种古怪的笑容。

慕　飞　这不奇怪，早就有人说过：不怕市长跳，就怕市长笑。

瘦　马　他还会在半夜里与鳄鱼对话……他还会拿着那支枪对着自己的头比画……

慕　飞　你看过那封信吗?

瘦　马　看过,是劝他回国自首的。

慕　飞　看来这天网越收越紧了——信都从门缝里塞进来了,这说明,人家已经把我们的情况摸得门儿清了。

瘦　马　你能猜到他是怎么想的吗?

慕　飞　我猜,大概率上,他是想回去的——我前天看到他坐在泳池边上,一边抽烟一边流泪。

瘦　马　真的假的? 我跟了他这么多年,还从来没见他流过泪。

慕　飞　男儿有泪不轻弹,只因未到伤心处。

瘦　马　那说明他这次是真伤心了? 是什么让这个铁石心肠的人流出了眼泪呢? 前年,听到他老娘去世的消息他都没流泪。

慕　飞　思念祖国。

瘦　马　真是笑话,一个叛逃的贪官,还动不动把祖国挂到嘴上,连我这个一没觉悟二没文化的女人听着都觉得肉麻。

慕　飞　肉麻是你的问题,思念祖国是他的问题。

瘦　马　(嘲讽地)你呢? 你是不是也要思念祖国?

慕　飞　我没他那么深情,但有时候……还真有那么一点
点伤感,尤其是逢年过节的时候,我的老爹老娘都八
十多岁了,我这辈子怕是见不到他们了。

瘦　马　那就回去呗,美国人又没挽留你。

慕　飞　美国人不但没挽留我,我感到他们的眼神里充满
了对我的鄙视。不但白人鄙视我们,连那些黑人兄弟
也瞧不起我们。

瘦　马　在国内时你可不是这样说的,你说过"宁到美国
刷盘子,不在中国批文件"。

慕　飞　人是会变的呀,环境决定意识。

瘦　马　什么环境决定意识,屁! 我没有你们那么多愁善
感,没你们那么高的觉悟,或者说,我没你们那么虚
伪,没你们那么下贱。

慕　飞　我同意你的看法,但人就是这么贱,就是这么动
摇不定,如果都像你这么坚定不移,这世界上就没有
故事了。

瘦　马　我也不是坚定,我只是比你们这些大老爷们实在。俺娘说啦,到哪山砍哪柴,哪里的黄土也埋人。吃香喝辣,穿绸穿缎,过一天算一天,及时行乐,今朝有酒今朝醉,管他明天是与非……

慕　飞　停停停,你这不是说话,你这是从破麻袋里往外倒垃圾。

瘦　马　我这是竹筒里往外倒豆子。

慕　飞　人才,都是人才,窝在这里可惜了。

瘦　马　回去,你们都回去,明天就到领事馆自首,估计他们会热烈地欢迎你们。一下飞机,就会有人献花,地上铺着红地毯。

慕　飞　手腕上戴着亮晶晶的大镯子,头上套着黑乎乎的布袋子。

瘦　马　这不是啥都明白吗!

慕　飞　明白,但还是想念家乡,怀念祖国。

瘦　马　贱人。你们赶紧滚,剩下老娘一个人清净。

　　〔吴巧玲领着一个风水先生上。他穿着一件土黄色的袍子,与牛布穿的那件颜色略有不同,样式相似。剃光头,留着大胡子,手里提着一个土黄色的布包。

看到他们,瘦马和慕飞站起来。

瘦　马　(指着风水先生)你是谁? 到我家干什么?

巧　玲　刘秘书,老单呢?

慕　飞　大嫂,市长出去散步了。

巧　玲　他还有心出去散步!

瘦　马　(怒向风水先生)我问你呢!

巧　玲　(冷冷地)张牙舞爪的干什么?(对慕飞)这是黄
　　　　大师,风水大师,香港、澳门、东南亚的许多高楼大厦
　　　　都是黄大师看过的。出场费一百万港币呢。

瘦　马　滚出去,这是我的家。

巧　玲　你的家? 你算个什么东西? 这是我丈夫的家,我
　　　　丈夫的家就是我儿子的家,我丈夫和我儿子的家也就
　　　　是我的家,该滚的是你。

慕　飞　息怒,息怒,二位息怒,有话好好说。

巧　玲　老单呢? 你叫他回来,我有话跟他说。

慕　飞　(看看手表)大嫂别急,你先坐一会儿,市长应该
　　　　马上就回来了,司机小胡陪他,我马上要小胡的手机。

瘦　马　你叫她大嫂,我是什么?

慕　飞　你是夫人。

巧　玲　刘秘书,你要讲原则,她算哪门子夫人?

慕　飞　怎么说呢?称呼嘛,基本上是个习惯问题,关键是要看实质。

巧　玲　实质是什么?

慕　飞　这实质嘛,这实质就是您名义上是夫人,但已没有夫人之实;她名义上不是夫人,但却有夫人之实。你们两位我都得罪不起。

瘦　马　你放屁!你这个见风使舵两面讨好的小人。国内正在抓两面人,你就是。

巧　玲　你怎么知道我有名无实?等他回来我当着你们的面问问他,我跟他有实还是无实。哼,老娘高兴了,再给他生个女儿。

瘦　马　(鄙夷地)无耻!那除非你强暴了他。强暴了他也没用,你看看你老得那样,干尸木乃伊!

巧　玲　你这个没有生育的臭骡子!

慕　飞　二位夫人,二位夫人息怒,我这就给你们找市长去。

　　　　[慕飞匆匆下。

瘦　马　(对巧玲)带着这个臭和尚,赶紧从这里离开!

黄大师 （在屋子里转着，目光四下打量着）夫人，我不是和尚。

瘦　马 那就是臭道士。

黄大师 我也不是道士。

瘦　马 那你是个什么东西？

黄大师 我也不是个东西。

瘦　马 你是不是个东西？

黄大师 我不是你说的那个东西，也不是不是东西的那个东西，我是一个人，一个男人，一个精通易理，熟知三坟五典八索九丘的堪舆师。

瘦　马 骗子。

巧　玲 婊子！

瘦　马 老巫婆！

巧　玲 狐狸精！

瘦　马 是你丈夫勾引了我，灌醉了我，强暴了我。

巧　玲 （得意地）听听，这可是你亲口说的，"是你丈夫勾引了我"，所以呀，是我丈夫，不是你丈夫。既然他是我丈夫，这里就是我的家，所以，你给我滚出去！

　　　［瘦马匆匆上楼。

巧　玲　（对黄大师）一个小骚货,竟然跟老娘斗法,黄瓜
　　　　纽子打老驴,她还嫩了点儿。

　　　　　[黄大师在客厅里转着,最后停到鳄鱼柜前,专注
　　　　地观看着。

巧　玲　黄大师,您可得上心给看看,救救我那可怜的
　　　　儿子。

黄大师　（低声嘟哝着）真是武大郎养夜猫子,什么人玩
　　　　什么鸟!

巧　玲　大师,您说什么?

黄大师　我说什么了吗?（双手一摊）我好像没说什么。

巧　玲　您说什么鸟?

黄大师　我没说什么鸟,我说鸟了吗? 我为什么要说鸟?

巧　玲　那是鳄鱼,不是鸟。

黄大师　在远古时期,鱼就是鸟,鸟就是鱼。

巧　玲　您是说恐龙时代吧? 那时候鱼龙混杂,不是鱼鸟
　　　　不分。

黄大师　有一种翼手龙就长着翅膀,在天上飞。长翅膀,
　　　　会飞,不是鸟吗?

巧　玲　大师,不是我跟您抬杠。蝙蝠,有翅膀,会飞,但

它不是鸟。

黄大师 咦,还真他奶奶的不是鸟。

巧　玲 它是兽,是哺乳动物,它还有奶头呢。我小时候,夏天的傍晚,坐在梧桐树下,看着蝙蝠在空中飞。我奶奶说,蝙蝠屎是中药,能治雀蒙眼。

黄大师 雀蒙眼?

巧　玲 就是夜盲症呀。

黄大师 据说夜盲症是缺乏维生素 A,吃胡萝卜就能治愈。

巧　玲 可那会儿我们到哪里去弄胡萝卜呀?

黄大师 到超市去买呀!

巧　玲 哎哟黄大师,你以为我们那儿是你们香港啊?我们那时方圆十五里只有一个供销社,供销社里也不卖胡萝卜。

黄大师 但你们可以到集市上去买呀,赶集,赶大集,我听说大集上除了没卖原子弹的,什么都有的买。

巧　玲 那时集上也没什么东西可卖。

黄大师 你这话,可以在美国说,回国后千万别说。

巧　玲 俺知道,俺跟了他大半辈子了,知道什么话可以说,什么话不可以说;知道什么话可以在外边说,什么话可以在家里说;知道什么话可以当着儿女公婆的面说,什么话只可以在被窝里对老公悄悄地说……

[瘦马又玩野的,在二楼栏杆上拴上一根粗大的红绳子,胳肢窝里夹着一个夹子,双手攥着绳子溜下来,仿佛从天而降,把黄大师与巧玲吓了一跳。

黄大师 (往旁边一闪)喜从天降!

巧　玲 祸从天降!

瘦　马 是喜不是祸,是祸你们也躲不过!

巧　玲 我要是你娘,我就打断你的腿!

瘦　马 我要是碰上你这样一个娘,生下来我就绝食,把自己饿死!

巧　玲 你还有那点志气? 只怕一个钟头不喂你,就要哭着嚎着要奶吃了。

黄大师 两位太太,你们俩共侍一夫,可别搞成母女关系,那可是老虎拉磨——乱了套了!

巧　玲 你不是香港人吗? 怎么还会说俺家乡的土话?

黄大师 这是土话吗? 这是歇后语,再说了,对一个堪舆师来说,必须熟知各地方言,一个不懂方言的堪舆师,就不是一个合格的小说家。

瘦 马 （打开夹子，拿出两张纸抖着）看看，看清了没？

巧 玲 （讥讽地）什么东西？是逼着我老公给你写爱你到永远的保证书吧？加盖公章了吗？摁手印了吗？告诉你，这些玩意儿根本没用。

瘦 马 看好了，这是联邦政府颁发的 Grant Deed，过户证，房产过户证，也就是房权证。

巧 玲 你什么意思？要把这别墅卖掉？我告诉你，你没资格卖我老公的房子，我老公的房子就是我儿子的房子，我儿子与我老公的房子也就是我的房子。

瘦 马 呸！你的房子？你儿子的房子，你老公的房子？（晃晃手中的文件）看好了，这白纸黑字清清楚楚地写着我的名字，秀花·马，马秀花。

巧 玲 绣花马，你屁股上绣着花？牡丹还是月季？马绣花，马能绣花，那驴还会织布呢！你的名字？拿来我看看。

　　[巧玲一把抢过过户证明，上手就要撕扯；瘦马急忙扑上去，拼命争夺。两个女人撕扯在一起。

　　[无悛戴着墨镜、口罩，手提着一把雨伞上，慕飞紧随其后。

无　惮　（讥讽地）好！好！好！打得好！

慕　飞　（上前拉扯）二位夫人，别打了。

　　　　［无惮放下雨伞，摘下墨镜和口罩，坐在鳄鱼柜前的椅子上，看着那位正专注地观察着鳄鱼的风水大师，咳嗽了一声，但那人不回头。无惮将桌上的一个苹果投到鳄鱼柜里，柜中水花翻腾着，大师吓得跳到一边。

无　惮　客从哪里来？

黄大师　客从来处来。鳄鱼还吃水果？

无　惮　来此有何贵干？它更喜欢吃人。

黄大师　为主人消灾避祸。人也可以吃它。

　　　　［在无惮与黄大师对话时，巧玲与瘦马停止了厮打。瘦马显然吃了苦头，一屁股坐在地上，放声大哭起来。

巧　玲　（恨恨地，得意地）想跟老娘动武，你是黄瓜纽子打老牛——嫩了一点儿！

黄大师　（插嘴道）刚才说的是打老驴！

巧　玲　你称上二两棉花，到我老家那儿访访（纺纺）去。老娘十六岁时就进了铁姑娘队，一百五十斤重的担子,挑起来就走……

瘦　马　（哭泣）无惮,你对我发的那些海誓山盟还算不算数? 她这样欺负我你管不管?

巧　玲　老公,你别听她花言巧语,刚才,她当着我和黄大师的面说当初是你灌醉了她,然后强暴了她。我说她放屁,因为你亲口对我说是她灌醉了你,引诱你中了美人计。呸! 她算什么美人? 一把瘦骨头,一个骷髅头,白骨精! 她屁股上真的绣着花?

瘦　马　（从地上捡起被撕碎的房权证明,拼凑着）她把我的房权证明都撕碎了啊……

巧　玲　你的房权证明? 呸!

瘦　马　房权证明上是我的名字,是我亲自购买的。

巧　玲　就算是你的名字,就算是你亲自购买的,可你的钱是哪里来的? 你的钱都是我老公的。

瘦　马　钱是我做生意挣的,刘慕飞,你可以证明!

　　　　[慕飞无奈地摊开双手,欲言又止的样子。

巧　玲　即便是你做生意挣的,但你的生意是谁介绍的? 没我老公在背后罩着你,你做个屁的生意,挣个屁的钱! 所以,这钱还是我老公的。

无　惮　　钱是人民的,因此,这房子归根结底也是人民的。

黄大师　　金句啊! 不过,中国人民也看不上这么个小房子。

瘦　马　　单无惮! 你这个冷酷无情的东西! 你们合伙欺
　　　　　负我! 我从十八岁就跟了你,我是处女之身啊! 光人
　　　　　流我就做了三次! 你欠了我三条命! 我,我,我不活
　　　　　了……你说过,最终会给我一个名分,可你给了吗?
　　　　　你这个骗子、流氓、无赖、人渣、垃圾……

巧　玲　　你要再敢辱骂我老公,我就撕烂你这张臭嘴!

瘦　马　　黄脸婆,老妖婆,你以为你是谁? 一口一个老公
　　　　　叫着,你肉麻不肉麻? 无趣不无趣? 打肿脸充胖子!
　　　　　他是你老公吗? 他几十年没碰你一手指头,你就是活
　　　　　死人,死活人。

巧　玲　　我是他儿子的母亲!

瘦　马　　我……我为你做了三次人流啊,单无惮,你难道
　　　　　是铁石心肠吗? 第一次是我主动流的,我多懂事啊,
　　　　　我怕分散了你的精力,影响了你的仕途。那时你刚刚
　　　　　当了副市长,前途无量;我懂事,顾大局,不给你添麻
　　　　　烦,一个人跑到外地的医院,在医生护士鄙夷的目光
　　　　　下做了手术。因为怕被别人发现,术后第三天我就上

了班,赔着笑脸,为你们这些狗官端茶倒水。你当时怎么说的?还记得吗?你说一定会离婚娶我为妻!过了两年,我又怀了孕,这次我突然感到舍不得这个孩子了,我下决心要把这个孩子生下来,即便是身败名裂也要把这个孩子生下来。怀孕三个月时,你发现了,你逼我流产,我不去,你跪下来求我,把你那个狗头在地板上磕得砰砰响,你说上级刚考察了,要提拔你当市长。你说当了市长后就离婚。看到你那可怜样子,我软了心,悄悄地去做了手术。快四个月了,我能感到他的心在跳动了啊,但我还是把他杀害了……第三次,我发誓要把孩子生下来,即便与你断绝关系我也要把孩子生下来,我不能再造孽了。这次你答应得很痛快,你说即便是辞职还乡当农民,也要保住这个孩子,而且你还建议我去医院做个唐氏筛查,结果……是唐氏儿,只好又流了……天呐,我的命好苦哇……我不想活了……

[瘦马哭着,扶着楼梯上楼。

巧　玲　(眼含着泪)她说的都是真的?

无　惮　基本属实。

巧　玲　　单无惮,你怎么能这样呢? 三个孩子,三条命啊!
　　　　　你让她生下来啊,生下来抱回家我给你们养着。我的
　　　　　满腔母爱无处使用,我一定会把你们的孩子养得好好
　　　　　的,我可不是那种鸡肠小肚的女人,我胸怀宽广如大
　　　　　海,即便是妾生的,也是咱们老单家的骨肉啊……

无　惮　　他娘的,我还真是小瞧你了! 可惜啊,新社会不
　　　　　让纳妾了。

巧　玲　　明着不让纳了,可暗里包"二奶"、包"三奶"的多
　　　　　了去了,这两年不都揭露出来了?

无　惮　　你到底想说什么?

黄大师　　女人的思绪如同六月的晚霞,变幻莫测。

　　　　　〔楼上传来一声脆响。

无　惮　　(示意慕飞)看看去。

　　　　　〔慕飞有些为难。

无　惮　　看看去。

　　　　　〔慕飞上楼。

巧　玲　　(冷冷地)放心吧,她舍不得死。

无　惮　　万一呢?

巧　玲　　什么万一? 女人都是这一套,一哭二闹三上吊,

其实都是演戏。

无　惮　你不但有一二三,还有四五六。

巧　玲　我什么四五六?

无　惮　四跳楼,五喝药,六上纪委去举报。

巧　玲　一二三四五是真的,六是吓唬你。

无　惮　说下去。

巧　玲　把你告倒,你丢了官,进了监狱,我气倒是出了,
　　　　但孩子的前程也完了不是? 所以,为了儿子,我忍了。

无　惮　这么说我还得谢谢你,说吧,什么事?

巧　玲　救救儿子。

无　惮　他已是成年人,应该自力更生了。

巧　玲　他……

无　惮　他怎么啦?

巧　玲　他……吸毒……

无　惮　到什么程度了?

巧　玲　胳膊上、腿上,密密麻麻全是针眼……

无　惮　送戒毒所。

巧　玲　戒毒所价格昂贵,我没有钱……听人家说,根本
　　　　戒不了,在里面也吸,出来更凶……

无　惮　（长叹一声）那也就是说,这个儿子,基本上废了?!

巧　玲　都是你害了我们。你嫌我们娘俩碍你的眼,把我们弄到这么个鬼地方,我一个妇道人家,语言又不通,孩子怎么学出好来?

无　惮　你把他叫来,我要好好与他谈谈……（长叹）当初我就对你说过,看好他,一不要沾毒,二不要玩枪,可以玩女人,但不要给人家弄大肚子,更不要染上病。

巧　玲　你这第三条是混蛋条款,可以玩女人,女人是玩的吗? 女人是好玩的吗? 我们娘俩的悲惨命运,都是你玩女人玩出来的。

　　　　〔慕飞从楼上下来,悄悄地对无惮说话。

无　惮　大声点,让她也听听。

慕　飞　刚才那声响,是一个据说是元朝的青花瓷瓶落地破碎时发出的声音。

无　惮　价值一百元的仿元青花瓷瓶,砸得好。

　　　　〔瘦马出现在楼梯上栏杆处。

瘦　马　你们以为我会寻死? 绝不可能! 一个心中有爱的人才可能自杀,现在我心里全是仇,全是恨,我恨似高山仇似海,路断星灭我等待,阴魂不散我人不死,雷暴雨翻天我又来⋯⋯

无　惮　说自己的话,别背别人的唱词。

瘦　马　这就是我自己的话,我自己的心里话。我要等着,熬着,熬到你们一个个从这房子里消失!这房子是我的,房主秀花·马,也就是马秀花,马秀花也就是我,我就是瘦马,人善有人欺,马善有人骑,从今往后,我要凶,要恶,我要扬鬃尥蹶子,我要嘶鸣(学马叫)。

无　惮　(鼓掌)如果在国内,我一定让你到市话剧院里去演话剧。

巧　玲　她能演话剧?那我们市的人口会锐减!

无　惮　怎么讲?

巧　玲　懂戏的被她气死,不懂戏的被她恶心死。

无　惮　做人要厚道,讲话莫刻薄。

巧　玲　当年在中学宣传队时,我也是唱压轴戏的,这些,你全都忘了。

无　惮　没忘,那时你最拿手的是《北风吹》。

巧　玲　我演喜儿。

无　惮　我演你爹。

瘦　马　不要脸,都到了这步田地了,还在秀恩爱,你们就等着吧(转身进屋)。

巧　玲　那时我们每天晚上都到周围村庄去演出。

无　惮　也不是每天晚上都去,经常去。

巧　玲　有一天晚上,你拉着我的手,突然对我说:巧玲,坏了,我的眼睛看不见了。

　　　　〔慕飞悄悄下。

无　惮　我没拉你的手!

巧　玲　我拉着你的手把你送回家,你不能否认历史。

无　惮　我记得我攮着一根木棍。

巧　玲　你得了夜盲症,营养不良,缺维生素 A。

无　惮　我家兄弟姐妹多,穷。

巧　玲　那时我爹在公社食品站工作。

无　惮　杀猪的,当时是上等职业,连一般公社干部都不放在眼里。

巧　玲　我跟我爹说,想吃猪肝了,我爹就悄悄地带回来一叶猪肝,煮熟了的,还热乎乎的。我将猪肝揣在棉袄里,悄悄地送给你。

无　惮　那是我这辈子第一次吃猪肝,当时我觉得猪肝是世界上最好吃的东西。

巧　玲　那猪肝上还带着我的体温。

黄大师　等等,等等,那叶猪肝,你也没用塑料袋装上,就这么直接——

巧　玲　那时候没有塑料袋,我就用一张旧报纸把猪肝包了包,放在棉袄和褂子之间。

黄大师　乡村浪漫曲,你应该贴皮放,保温效果更好。

巧　玲　吃了猪肝,你的眼睛状况有了改善,但我不敢再跟父亲要猪肝了,因为当时全公社五十五个生产大队,每天只宰一头猪,猪肝猪心等物,一般都要给公社领导留着。

无　惮　这是当时的情况,不是丑化,也不是抹黑。

巧　玲　无奈,我去找我当中医的姑老爷,他说,最好是吃胡萝卜炖羊肝,如果没有,就用夜明砂煮水喝。

无　惮　把蝙蝠屎叫成夜明砂,把胎盘叫作紫河车,老祖宗这文化,真是典雅呀!

巧　玲　你一定记得墨水河农场那个大粮仓,那里蝙蝠成群。

无　惮　那是那个年代我们故乡的地标建筑。

巧　玲　你一定还记得我们同班同学朱茂芳,外号"猪圈",他父亲就是粮仓的保管员,腰带上挂着一大串钥匙,走起路来哗啷哗啷的。

无　惮　你用一副扑克牌收买了朱茂方,换来了一瓢夜明砂。

巧　玲　偏方治大病。

无　惮　虽然那蝙蝠屎煮出来的汤味道不佳,但我的夜盲症治好了。

巧　玲　你还记着,说明你还有点良心。

无　惮　这故事你讲了一千多遍,我想忘也忘不了。

巧　玲　忘记过去就意味着背叛。

无　惮　我没忘记过去,但早就背叛了你。——其实也算不上背叛。

巧　玲　你都让人家怀了三次孕,还不是背叛?

无　惮　坦率地说,我不是跟你结婚,而是与那叶猪肝和那瓢夜明砂结了婚。

巧　玲　就算没感情,我也是你患难与共的发妻,也是你儿子的母亲。现在,儿子出了事,我也过不下去了,你不能不管。

无　惮　我还能怎么管,要钱没有,要命有一条——可我
　　　　这条命一文不值。

巧　玲　我们不要你的钱,也不要你的命,只要你答应,让
　　　　我们娘俩到这里来住。

无　惮　好主意! 我看可以!

瘦　马　(从房间里冲到栏杆边,愤怒地)你休想,这是我
　　　　的房子!

无　惮　(对瘦马与巧玲)你们俩可以睡一个房间。

瘦　马　流氓!

巧　玲　禽兽!

无　惮　睡一张床也不是不可以。二马不能同槽的说法,
　　　　其实不可信,当年生产队里养马养驴,两马共用一槽
　　　　的甚多。

黄大师　槽子要足够大才行。

无　惮　这个槽子还不够大吗?

瘦　马　单无惮,你这个老贼,我今天看明白了,你与她是
　　　　打断骨头连着筋的结发夫妻,我算什么? 我只不过是
　　　　你的一个玩物,你现在不稀罕我了,就想把他们接回

来,把我挤走,但老天保佑,(扬起手中的房产证明)这上边是我的名字,这里是美利坚合众国,这里是讲法律的,我告你们霸占民宅,告你们入室抢劫,警察会把你们带到该去的地方。老娘豁出去了,咱们骑驴看唱本——走着瞧吧!

[瘦马退入房间。

无 惮 情况就是这么个情况,你看着办吧。

巧 玲 你们两个串通好了,演苦肉计给我看。

无 惮 这个还真没有。我举双手欢迎你们来住,我一妻一妾,乐享齐人之祸。

黄大师 齐人之福。

无 惮 是福是祸只有齐人知道。

巧 玲 我不管你是福是祸,反正明天我就带着儿子搬进来,我们自带铺盖,儿子就睡在你的书房里,我就睡在……这个地儿不错,(指指鳄鱼柜)我就睡在这里。

无 惮 好,太好了,其实,你最好睡到鳄鱼柜里。

巧 玲 你想让鳄鱼吃了我?

无 惮 也许是你吃了鳄鱼。

巧　玲　你休想！我就睡在柜子前。我会帮你喂鳄鱼,让它快快长大,把这个鱼缸撑破。

　　　[瘦马出现在楼上栏杆前,搔首弄姿地梳头,穿得有些暴露。

巧　玲　你同意就好,你如果不同意,老天爷会让你死于猛兽之口,尸骨无存。

无　惮　听起来有点瘆人呐。

巧　玲　我不会这样咒你,我是听一位高人说的。

无　惮　高人?(注视着黄大师。)

黄大师　与我没有关系,我只管看风水,风水是科学,不是占卜,更不是巫术。而且,占卜其实也是未来学,巫术可算作非物质文化遗产。

巧　玲　高人说,食人肉者,必将葬于猛兽之腹。

无　惮　我吃过人肉了吗?

巧　玲　算了,我不说了。

无　惮　我最讨厌欲言又止。

巧　玲　我把那件事与高人说了,高人说,那也算。

无　惮　什么事?

巧　玲　不瞒你了。当年我生儿子时,给我接生的是俺表嫂,她把儿子的胎盘给留下了。

无　惮　紫河车,富有诗意的名字。

巧　玲　那时你身体很弱,经常咳嗽,夜里盗汗,俺表嫂说
　　　　　胎盘大补。

无　惮　紫河车。

巧　玲　我就悄悄地把紫河车做给你吃了。

无　惮　我吃了吗?

巧　玲　你当然吃了。

无　惮　我怎么会吃那种东西?

巧　玲　我把它切碎,炒在鸡蛋里给你吃了。

无　惮　我没吃。

巧　玲　你吃了,你还问我鸡蛋里咯咯吱吱的是什么东
　　　　　西,我说是海蜇皮。

无　惮　完全没印象了。

巧　玲　吃了这个紫河车后,你身体很快就好起来了。

无　惮　不知者无罪。

巧　玲　高人说了,胎盘是人的生命基座,吃胎盘就等于
　　　　　吃人肉。吃了谁的胎盘就等于欠了谁的债,因此,你
　　　　　欠了儿子一笔债。

无　惮　我如果不还这笔债,就要葬身猛兽之腹。

巧　玲　正是这个意思。

无　惮　你的谋略真够深的啊,三十年前就给我放了印子钱。

瘦　马　(在栏杆前)老奸巨猾。

巧　玲　其实我有点同情你,三个孩子都被扼杀了,你们俩罪孽深重。

瘦　马　(怒吼)你给我滚,你们都滚,滚出我的家!

无　惮　(对巧玲和黄大师)你们似乎可以走了。

巧　玲　还没办正事呢。

无　惮　什么事?

巧　玲　高人说了,儿子之所以误入歧途,很可能是家里犯了风水方面的禁忌。

无　惮　让他到你那边去看啊,到这里来干什么?

巧　玲　高人说,我是你法定的妻子,儿子是你亲生的儿子,因此,影响他命运的不是俺娘俩住的那个小单元,而是这个大别墅,因此,我把黄大师找来了。

无　惮　原来如此。

巧　玲　黄大师在香港,看一次风水一百万港币。

无　惮　我没钱。

黄大师　这些年我在写一本风水方面的专著,搜集一些案例,其中一个专题是"吸毒者家居风水",因此,不收费。

无　惮　我看着你很面熟。

黄大师　市长好记性。

无　惮　你那时候好像不姓黄,姓唐。

黄大师　市长确实好记性。其实,唐就是黄,黄就是唐。

无　惮　你当时的名片上写着:国家一级堪舆师,享受国务院特殊津贴,南海大学客座教授唐黄。

黄大师　美国人把中国人名姓颠倒着写,所以也可以叫黄·唐。

无　惮　唐黄就是黄·唐,黄·唐就是唐黄,唐黄去骗姑娘,手提一斤黄糖,黄·唐去看风水,遇到一个唐黄。黄·唐提起黄糖打了一下唐黄,唐黄夺过黄糖,打了黄·唐一脸黄糖。

黄大师　市长捷才,出口成章。

无　惮　你当时忽悠着我在市政府门前挖了一个水池子,池子里又堆了一座假山。

黄大师　丽水秀沙,锦上添花。

无　惮　当时你给我留下一个锦囊,让我夜深人静时,沐浴焚香后观看。你还记得锦囊中装着什么吗?

黄大师　一张纸条。

无　惮　纸条上写着什么字?

黄大师　家中不弃糟糠妻,外边可选骏马骑。丽水秀沙造新境,十年官至副部级。

无　惮　十年官至副部级,十年官至副部级,十年成了人民公敌!

黄大师　市长,错不在我。

无　惮　错在我?

黄大师　您如果不……只怕是连正部级都当上了。

无　惮　这么说风水还真不是骗术?

黄大师　绝对不是,您当过市长,自然知道一座城市风水的重要性。

无　惮　好吧,既然来了,那就看吧,我再提醒一句: 没钱!

黄大师　不要钱,当然也不是无偿为您服务。

无　惮　开始吧。

　　　　〔黄大师从布袋里摸出罗盘,一本正经地察看着。

无惮抽雪茄烟。

黄大师 市长,您这宅子,其实风水极佳。

巧　玲 那我儿子为什么还会吸毒?

黄大师 小池狭小困巨龙,四处碰壁郁闷生,麻醉神经解
苦痛,迷迷糊糊化鲲鹏。

无　惮 打油诗张口就来,堪舆师很有文才。

黄大师 谢谢市长夸奖。

无　惮 我没夸你,我是讽刺你。

黄大师 家中困有一条龙,阳气太盛不平衡,如能再添一
女主,岁月静好和气生。

无　惮 继续。

黄大师 市长一定明白了我的意思。

无　惮 不明白。

黄大师 其实我已经说得很明白了,以市长您的智慧,又
有什么不明白的呢? 但我似乎听到一个古怪的声音
在催促我:说,说下去,明明白白告诉他。我觉得这
声音来自它,(指指鳄鱼柜)是它用一种一般人听不
到的暗语告诉我,让我向您表示它的诉求。

无　惮 玄而又玄,众妙之门。

黄大师　它说,憋死我了,把我移到那个大鱼缸里,让我被禁锢的能量释放出来,让我被压抑的灵魂自由地歌唱,涛声依旧,我心飞扬……

无　惮　改成朗诵诗了。

黄大师　市长,您这宅子,是卧虎藏龙之地。如果您能把这条富贵龙移到这个大柜子里,再让夫人与公子搬回来居住,就能营造一个阴阳和谐、龙凤呈祥的气场,在这样的气场里,一切阴冷都将被温暖驱散,一切的邪魔都会被罡风克服,您担忧的都会消解,您企盼的都会成真……

无　惮　刘秘书!

慕　飞　(匆匆上)市长。

无　惮　联系那个老黑,让他带人来,把它(指柜中鳄鱼)移到那个(指大鱼缸)大柜子里去。

慕　飞　可那大柜子里的热带鱼……

无　惮　看它们的造化,对不对,黄大师?

黄大师　市长真是高人。

巧　玲　他的脑子好用,如果不是被那狐狸精迷住,现在——

无　惮　（问黄大师）风水与狐狸精是什么关系？

黄大师　风水不好,邪魔必定入侵;风水好了,邪魔无处藏身。

无　惮　（对巧玲）听到了吧？不是我的问题,是风水决定的。

第四幕

第一场

[2015 年 5 月 5 日凌晨。

[无惮身穿睡袍站在大鱼缸前。舞台前面灯光幽暗，但大鱼缸里光线明亮，可以清楚地看到里边那条已经长达四米的鳄鱼。

无　惮　（手捧一本《圣经》，缓慢低沉地读着）你能用鱼钩钓上鳄鱼吗？能用绳子压下它的舌头吗？……能用钩穿它的腮骨吗？它岂向你连连恳求，说柔和的话吗？岂肯与你立约，使你拿它永远作奴仆吗？你岂可拿它当雀鸟玩耍吗？岂可为你的幼女将它拴住吗？搭伙的渔夫，岂可拿它当货物吗？能把它分给商人吗？你能用倒钩枪扎满它的皮，能用鱼叉叉满它的头吗？你按手在它身上,想与它争战,就不再这样行吧!
人指望捉拿它是徒然的;一见它,岂不丧胆吗？……
天下万物都是我的。论到鳄鱼的肢体和其大力,并美
好的骨骼,我不能缄默不言。谁能剥它的外衣？谁能
进它上下牙骨之间呢？……它牙齿四围是可畏的。
它以坚固的鳞甲为可夸……这鳞甲一一相连,甚至气
不得透入其间……它打喷嚏,就发出光来;它眼睛好
像早晨的光线。从它口中发出烧着的火把,与飞迸的
火星;从它鼻孔冒出烟来……它以铁为干草,以铜为烂
木。箭不能恐吓它使它逃避,弹石在它看为碎秸……
它嗤笑短枪飕的响声。它肚腹下如尖瓦片,它如钉耙
经过淤泥。它使深渊开滚如锅,使洋海如锅中的膏
油。它行的路随后发光……凡高大的,它无不蔑视,
它在骄傲的水族上作王……

　　〔瘦马身穿睡衣,悄悄地走到无惮身后,搂住他,
将头伏在他的肩上。

无　惮　(感慨地)真美啊……

瘦　马　你是说我吗？

无　惮　它,鳄鱼。

瘦　马　　我听神甫说,《圣经》里所写的鳄鱼,指的是一种
　　　　　　邪恶的海怪。

无　惮　　指什么都没关系,我只相信一点,这条鳄鱼是从
　　　　　　《圣经》里爬出来的。

瘦　马　　在你心里,我大概还不如这条鳄鱼。

无　惮　　你看着它的眼睛,与它对视,就会进入一种忘却
　　　　　　一切烦恼的高尚境界……

瘦　马　　现在,你的心中,你的眼睛里,只有这条鳄鱼,
　　　　　　是吗?

无　惮　　真的很抱歉,但确实如此。随着它的日渐膨胀,
　　　　　　我的心就像这个鱼缸,即便还有一点点空隙,但也被
　　　　　　它的体液、气味所充斥。

瘦　马　　(离开无惮)我不怪你,因为我似乎理解了你。

无　惮　　理解万岁——这是上个世纪八十年代流行的一
　　　　　　句话,那时候我还年轻。

瘦　马　　明天是你生日?不,已经是今天了,六十五岁,
　　　　　　大寿。

无　惮　　昨天的事了,已经过去了。

瘦　马　　今天才是五号。

无　惮　我说的是中国时间。

瘦　马　你身在美国,但你的心一直在中国。

无　惮　虽然近乎无耻,但的确如此。

瘦　马　毕竟是六十五岁大寿,还是简单地庆祝一下吧。

无　惮　不必了。

瘦　马　简单点。

无　惮　历史的经验是,祝寿会总是变成活报剧。

瘦　马　今年不会了,因为我这个主角已经罢演了。

无　惮　人是不彻底的,尤其是女人更不彻底。

瘦　马　我已经看透了,等够了。我跟你较劲的那个所谓的名分,其实就是一个虚幻的泡影,即便我现在是你单无惮法律认定的妻子,那又能怎么样呢?你已经很久很久没上我的床了……

无　惮　我很抱歉。

瘦　马　不必客气。其实,你不欠我的。咱们俩那点事儿,客观地说,是一个巴掌拍不响,是心领神会、眉目传情。当然,也可以说是命中注定,前生有缘。

无　惮　只可惜是孽缘。

瘦　马　孽缘也是缘。如果不是我,你现在也许真当上部长了。

无　惮　没有你也会有别人。

瘦　马　我同意,因为你是跟一叶猪肝、一瓢蝙蝠屎结
的婚。

无　惮　(摇头)因为我心中养着一条鳄鱼。

瘦　马　怪不得呢。养了它十年了,从半尺长,长到了四米。

无　惮　我来美国最大的收获就是养了一条鳄鱼,研究了
它的习性,听懂了它的语言,了解了它的思想。

瘦　马　你在中国最大的成绩就是修了一座大桥。

无　惮　我刚做了一个梦,梦到那青云大桥变成了一条巨
大的鳄鱼。

瘦　马　梦是心里想。这说明你心中只有这条鳄鱼和这
座大桥。现在,桥也变成了鳄鱼,那你心中,就只有一
条鳄鱼了。

无　惮　一辆辆的汽车,从鳄鱼的背上,驰过去,驰过来。
鳄鱼突然对我说,十年了,我忍受不了了,我要翻身。
我急忙劝阻它。我说,你既然成了桥,那就请你千万
莫要翻身,你要翻身,那些车不都坠落到江里去了吗?
鳄鱼说,你们夜里睡几个小时都要翻数次身,我卧在

这里十年了,难道还不该翻翻身吗? 说着,我看到它的眼里放出蓝色的光芒,它的嘴里喷出了红色的火焰,就像《圣经》里描写的那样。它的身躯猛然地翻过去,那些车辆,从它的背上,像儿童玩具似的,乱纷纷地坠落到江里去了……

瘦　马　　梦梦梦,反是正。这说明,你的青云大桥坚如磐石,永远都不会动摇。离天亮还有几个小时,你还是去睡会儿吧。

无　惮　　你去睡吧。

瘦　马　　不管你有没有兴趣,人到六十五岁不容易,所以,还是得举行个小仪式。

无　惮　　好吧。明知路已经到了尽头,但还是得往前走。

瘦　马　　(打了一个哈欠)别那么悲观,也许柳暗花明又一村呢。我去睡了。

无　惮　　等一下,想来想去,犹豫不决,但还是告诉你吧。

瘦　马　　你决定回国了?

无　惮　　如果能带上它(指指鳄鱼),我随时可以回去接受审判。

瘦　马　　那你想告诉我什么?

无　惮　你第三次怀的不是唐氏儿。

瘦　马　(惊讶)啊,天哪……

无　惮　我让人找了妇产科孙主任。

瘦　马　(如梦初醒般)这就是说,我怀的本是一个健康的婴儿,你串通妇产科主任,出了假报告,骗我流了产……

无　惮　是这样的。

瘦　马　(怒而泣)你这个土匪、恶霸、阴谋家、刽子手,你杀死了我的孩子……(扑上去撕扯抓挠着无惮)我跟你拼了……

无　惮　我杀死的,也是我的孩子……

瘦　马　我恨你!

无　惮　必须的,连我自己都恨。这事干得太他妈的卑鄙,甚至比贪污一个亿都卑鄙。如果真有地狱,我应该去的就是地狱中最深最黑的那一层。

瘦　马　其实,你可以不告诉我,你不告诉我比告诉我要好。知道得越多,痛苦就越重。

无　惮　是的,我很自私。我想卸下这副枷锁,它沉重地套在我的脖子上,随时都会割断我的血管。每次看到

与妇婴相关的字样,我的心便紧缩成一团……我罪孽
深重……

瘦　马　我真傻……我真傻……我竟然相信了你们……
我没想到医生也会骗人,我没想到在这样的问题上你
们还会弄虚作假……

无　惮　医生当然也有错,但我是罪魁祸首。

瘦　马　我明白了,我什么都明白了。

无　惮　那么,明天,不,今天这个生日就不过了吧。

瘦　马　(恨恨地)过,当然要过。我要为我那三个夭折
的孩子过生日,你是他们的父亲,所以你的生日也就
是他们的生日。你活着,他们死了,我要死去的和活
着的一起过生日。

无　惮　好,过! 既然来日无多,分秒都很珍贵,紧锣密
鼓,急管繁弦,让一日长于百年。

第二场

[场景如前。

[女佣、杂役在慕飞指挥下在大鱼缸上方的栏杆上悬挂一条红色横幅。横幅上缀着大字：庆祝单老爷六十五岁华诞。横幅下沿垂挂着三张白色的纸条，纸条上各写着：单有福少爷二十冥诞，单有禄少爷十八冥诞，单有寿少爷十六冥诞。

[瘦马坐在客厅沙发上，指挥着女佣、杂役调整那三幅白纸的位置。

慕　飞　（低声地）是不是太过分了？

瘦　马　过分吗？我觉得恰如其分。

慕　飞　这又何必呢，多少年前的事了……再说（更低声地)反正我们马上就要永远地逃离这地方了。

瘦　马　那就算是一个别出心裁的告别仪式吧。

慕　飞　这也太狠了点。

瘦　马　这叫恶有恶报。

慕　飞　问题是你也不愉快。再说,计划生育三十年,被流产的孩子不计其数,按照当时的说法,生出来算条命,没生出来只是一坨肉。

瘦　马　这就是你们这些臭男人的歪理。

慕　飞　当时开计划生育先进人物表彰会,被表彰的多数可都是女性。

瘦　马　计划都是男人定的,然后让女人去执行。就像种子都是男人下的,然后让女人去怀孕去生。

慕　飞　基本国策不能动摇,不过,据说政策要调整。前几年有个叫莫言的作家写了一本关于计划生育的书,题目叫《蛙》,不但顺利出版,还得了茅盾文学奖,这是个明确的信号。

瘦　马　可恶的是,怀了半截子又逼你去打掉。

慕　飞　人到中年,就喜欢回忆那些乱七八糟的往事。

瘦　马　你是说我吗?

慕　飞　更多的是在说我自己。总而言之吧,我觉得挂一横幅祝老爷子六十五岁大寿即可,那三条白纸条,还是撕下来吧。这不像过生日,有点像办丧事啦。

瘦　马　生生死死,死死生生,与往事告别,从此谁也不再欠谁,各奔前程了。

慕　飞　你是主人,听你的。

瘦　马　其实我与他很像,我们性格中都有一种毁灭一切的疯狂,我们心里都养着一条鳄鱼。

　　　　[老黑与几个工人抬着那个棺材形状、盖上了盖子的透明玻璃鱼缸上。

老　黑　(夸张地)单公六五寿诞,阳光十分璀璨;老黑敬献厚礼,老爷发财升官。

慕　飞　(低语)这都是什么呀,全是耍贫嘴的。

瘦　马　太好了! 正合我意!

　　　　[无惮伸展着胳膊从他的书房兼卧室出来。

无　惮　更合我意!

老　黑　老爷,按您的指示,我们给这鱼缸加了一个盖子。

无　惮　棺材,当然也可以叫寿器。

老　黑　棺材只是类似的形状,本质上还是个鱼缸。

[工人们把棺材状鱼缸放在原来的位置上,然后退下。众上前观看着。

无　惮　我不是让你在盖子上刻上"罪该万死"吗? 为什么不刻?

老　黑　老爷,您是英雄豪杰,那样刻不实事求是。

无　惮　刘秘书,扣他的工钱。

老　黑　老爷,扣我的工钱,也不能刻那四字。

无　惮　那你想刻什么?

老　黑　"视死如归"啦,"虽死犹生"啦,"忠烈千秋"啦,"永垂不朽"啦,都比您那四个字好。老爷,恕小人直言,谦虚固然是美德,但过分谦虚就不好了。

无　惮　我贪污受贿,我徇私枉法,我作风败坏,我谎言欺天,我残害生命,难道不该万死吗?

老　黑　老爷,您不过是犯了一个仪表堂堂、手中有权的男人最容易犯的错误。有很多比您的错误更重的人都还在耀武扬威呢,您何必自责太过。

无　惮　人在干,天在看。善有善报,恶有恶报;不是不报,时候未到;时候一到,一切都报。所以,你必须把这四个字给我刻上。

老　黑　老爷执意要刻,那我把工人叫回来,让他们抬回去刻。

无　惮　今天暂且不刻了,你是客人,入座,喝酒,看戏。

慕　飞　市长,我们没请戏。

无　惮　我们自己演,自己看。(弯腰试了一下鱼缸的盖子)这玩意,很重的样子。

老　黑　老爷,我们在盖子与缸体间安装了滑轨。(上前示范)像拉抽屉一样,轻松得很。

无　惮　(弯腰推拉了几下)这样,自己就可以为自己盖棺了。好,万事不求人,好。

瘦　马　(挑战地)老爷。

无　惮　老爷者,少爷之父也。

瘦　马　(指指那三条白纸)让他们兄弟三个沾沾父亲的光,您看行吗?

无　惮　(逐一观看着那三条纸条并念出声音)唯一不足的是,你怎么确定是三个男孩?

瘦　马　我是母亲,当然知道。

无　惮　后悔莫及呀。否则我就是四个儿子的父亲了。

瘦　马　你终于说了一句有人味的话。

无　惮　我每句话都散发着浓郁的人味。

瘦　马　是的,是人肉的味道、人血的味道,一个刽子手的味道。

无　惮　想当年我的思想是那样清纯,我的演讲是那样深入人心。我在人民群众中间,如鱼在水,可自从——

瘦　马　自从什么?

无　惮　算了,这该死的鳄鱼。

　　　　[魏局长提着两瓶酒,唐太太抱着一束花,相随着上。

魏局长　市长,恭贺您六十五岁大寿!

唐太太　恭贺市长大寿!

无　惮　多谢多谢,年年让你们记挂着。

慕　飞　是不是要搓几圈啊?

唐太太　你们家又没零花钱了吧?

瘦　马　拢总计算起来,还是你赢得多。金融家的太太,账算得清。

魏局长　唐太太现在是出版家了。

无　惮　出版家?

慕　飞　鳄鱼出版社。收到过唐太太的请柬,让我们去参加她的出版社的成立典礼。

无　惮　是吗？我怎么不知道这档子事？

慕　飞　我们忘记告诉您了。

无　惮　我对新闻出版的事儿还是很感兴趣的。怎么样？

唐太太　托您的福,还行。

魏局长　岂止是还行,唐太太发大财了,一本畅销书,赚得

　　　　盆满钵盈。

无　惮　什么书？

唐太太　《鳄鱼》。

无　惮　鳄鱼不是出版社的名字吗？

唐太太　鳄鱼既是出版社的名字,也是书的名字。

无　惮　写的什么内容？

唐太太　您猜猜？

无　惮　鳄鱼,鳄鱼其实不是鱼……

唐太太　坦率地说,写的是您。

无　惮　我？我有什么好写的？

唐太太　当然也可以说写的不是您。

无　惮　到底是我不是我？

唐太太　可以是您,也可以不是您。

无　惮　作者是谁？

魏局长　你们真是与世隔绝啊。报纸连篇累牍的评论、访谈，你们竟然都不知道。

慕　飞　隔行如隔山，我们一点都不知道。

魏局长　作者是你们家亲戚，《真真理报》主编牛布先生啊。

瘦　马　他跟我们家八竿子拨拉不着的。

无　惮　在这异国他邦，他的确可以算作我的亲戚。

魏局长　光是英文版权和影视版权（伸出巴掌）就卖了这个数。对不对，唐太太？

唐太太　魏局长，您太保守了。最近一个月，我们又卖出十一种外文版权。

瘦　马　五万？五十万？

魏局长　夫人，您也太保守了。

瘦　马　五百万？

魏局长　这是被覆盖了许多遍的数字了吧，唐太太。

瘦　马　哎哟，我的妈呀，出书原来这么赚钱啊。

唐太太　真赚钱的还是写书的。

瘦　马　这么说，牛布的钱……

唐太太　他赚得比我多。

瘦　马　（与慕飞交换了一下眼神，低声）原来他的钱是
　　　　出书赚来的呀。

无　惮　去弄本看看，他把我写成什么样子啦？

唐太太　他没丑化您，只是在某些方面略做了一些夸张。

无　惮　哪些方面？

魏局长　譬如性格方面，还有性能力方面。

无　惮　好，这个有趣，他把我写成西门庆了吗？

唐太太　西门庆也不如您——其实不是您，您的某些经历
　　　　给了他灵感，他写您试图与鳄鱼交配。

　　　　［众大笑。

无　惮　刘秘书，赶紧弄几本研究研究。

唐太太　我给您带来一本。（从包里拿出书，递给无惮。）

无　惮　（翻了几页，哈哈大笑起来）他娘的，把他二姨和
　　　　他小姨都写成我的情人了。这还不算离谱，还让我与
　　　　鳄鱼交配，这真是色胆包天哪！

瘦　马　如果他在书中丑化了我，我要起诉他。

唐太太　你以为他会那么傻？他在小说扉页上就写上了：
　　　　本故事纯属虚构，请勿对号入座。

瘦　马　这个文痞。

唐太太　这可是咱那边的特产。

魏局长　我建议你们四位搓两圈,我向市长汇报点工作。

瘦　马　从梦境中走出来可真不容易啊!

老　黑　他们都是幽默的人。

　　　　〔慕飞、瘦马、唐太太、老黑走向棋牌桌。

　　　　〔无惮与魏局长就座。

魏局长　我给您弄来两瓶咱们市酿酒厂七十年代生产的
　　　　金桥二锅头。

无　惮　不会是假酒吧?

魏局长　绝对保真。这是从一位老华侨家淘来的。

无　惮　(将一瓶酒猛烈摇晃着,猛停,看着瓶中沸腾般的
　　　　泡沫)当时,能喝上这种酒的多是公社干部,咱们老百
　　　　姓喝的都是那种用红薯干换来的散酒。

魏局长　兑了水的散酒。那时我姨父在供销社卖酒。有
　　　　一次,我亲眼看到他把半桶井水倒进酒缸里。我问他
　　　　为什么要往酒缸里倒水,他说,度数太高了,不利于人
　　　　民群众的身体健康,加点水稀释一下。当时我信以为
　　　　真,后来才明白……

无　惮　后来怎么明白的?

魏局长　后来我姨父当了供销社主任,安排我到基层门市部当售货员,自然就明白了。靠山吃山,靠海吃海。售货员要喝酒,就往缸里加水。

无　惮　可见那年代也有贪腐。

魏局长　普遍存在,只是数额不如后来大罢了。

无　惮　小辛! 拿两个杯子来。

　　　　[女佣送来两个杯子、几碟坚果。

　　　　[无惮用牙咬开瓶盖。

魏局长　小心牙!

无　惮　我们那时不都是这样吗?

魏局长　那时是那时,现在是现在。现在我们的牙都磨短了,牙根也摇晃了。

无　惮　(将杯子放在鼻下嗅嗅)是老味道! 来,老魏,干!

　　　　[二人碰响酒杯。

无　惮　(品咂着酒的味道,无限感慨地)一口老酒穿喉过,无限乡思上心头!

魏局长　人真是奇怪,无论在外面当了多大的官,发了多大的财,享着什么样的福,都忘不了家乡——哪怕他的家乡是多么样的贫困落后,哪怕他在家乡时对家乡多么厌恶。

无　惮　不愧是当过文化局局长的,开口便是唐诗境界。

魏局长　昨晚我还梦到跟着您下乡,在农家院里喝全羊汤。那棵百年老紫藤的花开得上搭下挂,紫气东来,花香弥漫,蜜蜂飞舞。高庄馒头、大葱、大蒜、豆瓣酱……一碗汤下去,头上冒出汗珠;一杯金桥二锅头闷下去,全身的毛孔都敞开了,那些浓郁的花香,顺着毛孔往皮里钻啊……

　　［两人碰杯干酒。

无　惮　祝你回程平安!

魏局长　什么都瞒不了您。

无　惮　我如果是你,也是同样的选择。

魏局长　但心里还是七上八下,六神无主。

无　惮　主动投案,会从宽处理。

魏局长　他们研究了我的情况,说最多判我三年,如果再有立功表现,甚至有可能免于刑事处罚。

无　惮　那还犹豫什么?赶快回。

魏局长　我担心他们说话不算数。

无　惮　不必担心,相信他们,你越是相信他们,他们越会信守诺言。

魏局长　市长,那下星期我就回去了。您有什么要办的事,我回去帮您办。

无　惮　(长叹一声)好像有许许多多的事要办,但认真一想,其实没有一件事要办。

魏局长　如果他们不判我的刑,那我一定去给您家老人上上坟。

无　惮　没有必要,按佛教的理论,他们早就轮回转世了。

魏局长　嫂夫人那边的老人要不要探望一下?

无　惮　不必了。

魏局长　市长……

无　惮　说吧。

魏局长　那边的人对我说,让我劝您回去……他们对您的一切都了如指掌。

无　惮　把我劝回去,会算作你的立功表现吗?

魏局长　(尴尬地)他们说算。

无　惮　你每隔多少时间向他们汇报一次我的情况?

魏局长　不定期。

无　惮　门缝里的信件是你塞进来的吗？

魏局长　不是我,(看着无惮的脸)真的不是我。

无　惮　这么说我已经被软禁了?

魏局长　应该没有,市长。您行动自由,想去哪儿都可以的。

无　惮　但也许背后就有一个盯梢的。

魏局长　绝对不会,这点请您放心。他们说了,尽管有多种办法把您弄回去,但他们还是希望您能自己回去。

无　惮　(喝酒)回去,自己回去……

魏局长　他们说了,您如果自己回去,只要您有了这个意愿,一切由他们安排;他们还说……他们说您是位敢做敢当的男子汉!

无　惮　(喝酒,狂笑)男子汉,男子汉,我还是敢做敢当的男子汉……

魏局长　(将一张纸条放在桌子上)市长,这是他们的联系方式,电话、手机、电子邮箱,都在上边。市长,再见。

无　惮　(从桌子下摸出一个大信袋)麻烦你将这个带给他们。

魏局长 检举材料?

无　惮 《一个在逃贪官对腐败问题的几点看法——从鳄鱼谈起》。

魏局长 (接过信袋)市长,您把我感动了。

无　惮 (挥挥手)一路顺风。

　　　　　　[无惮又喝干一杯酒,仰靠在沙发上。

　　　　　　[牛布和灯罩抬着一个长长的箱子上。

牛　布 (与麻将桌旁的人打招呼)各位好!

瘦　马 富翁来啦。先递个话给你,考虑一下版税分成问题,打完了这圈再跟你理论。

牛　布 瞧您说的,我那点版税,还抵不上你手上那只镯子。

瘦　马 (举起手腕晃晃)C货。

牛布和灯罩 舅舅生日快乐!

无　惮 (坐直身体)听说发大财啦?

牛　布 与舅舅的财富相比,我那点小钱……

无　惮 你把我写到书里去了?

牛　布 (从包里摸出书,恭恭敬敬地递过去。无惮不接,牛布只好把书放在桌子上)请舅舅多加指教。

无　惮　他们已经送我一本。

牛　布　舅舅已经看过了？

无　惮　翻了几页。

牛　布　惭愧。

无　惮　惭愧什么？

牛　布　尽管本故事是虚构，但我必须承认，书中主人公
　　　　有您的影子。

无　惮　你把我写成了好人呢还是坏人？

牛　布　我觉得不能用好人或坏人来定义这个人物。

无　惮　那么我呢？我在你心目中是个好人还是坏人？

牛　布　舅舅，大英雄必有三分流氓习气，大流氓必有三
　　　　分英雄气概。

无　惮　我是个什么配方？

牛　布　书中主人公是五分英雄，二分流氓，二分情种，一
　　　　分诗人。

无　惮　我也是这种配方吗？

牛　布　请舅舅读完这本书，然后自己比对一下。

无　惮　看来我还真得读完这本书。我问你，你什么时候
　　　　动了把我写到书里去的念头？

牛　布　应该是,应该是五年前听您对着鳄鱼发表长篇演讲那次。

无　惮　不记得了。

牛　布　那次演讲整理出来有一万多字,而且是那样深刻、生动、富有诗意,我想二十万字就是一部不短的长篇,从那次之后,我便有意识地引导您谈一些往事。

无　惮　我竟然能被你引导?

牛　布　舅舅有一个特点,回忆起故乡与自己的政绩便滔滔不绝,尤其是谈到政绩时。

无　惮　这说明我是个大俗人。

灯　罩　这大概是人之常情。

无　惮　(抓起书翻看)我没有那么好色——即便好色,我也不敢跟鳄鱼交配,你这是恶魔般的想象力。

牛　布　这是个梦境描写,鳄鱼转身变成美人。也可以换种说法,叫"英雄爱美人"。

无　惮　我家这条鳄鱼是公的! 爱美之心人常有,赏而不乱是高手啊!

牛　布　舅舅,其实这也不是什么大事,美国总统、法国总统不都有比您更风流的事吗？

无　惮　但我不是总统。还有更重要的一点,他们没帮女人弄钱。

瘦　马　(大声喊)你怎么知道的?

牛　布　夫人真是好听力。

无　惮　好啦,不管怎么说,你这个亲戚我还是认的。你大姨那半筐子地瓜我牢记在心。尽管我不同意你的政治观点——其实你也没有真正的政治观点,你们这伙人,都是墙头草,随风倒,有钱就是爹,有奶就是娘。

牛　布　舅舅,我不同意您的说法。我的政治信仰是坚定的,是不会被金钱收买、利益诱惑的。这就像您虽然当了贪官,流亡海外,但依然坚持着您的信仰一样。

无　惮　我信仰什么?

牛　布　共产主义!

无　惮　共产主义,共产主义,我他妈的一个在逃贪官竟然还信仰共产主义!(倒满一杯酒一饮而尽)为了这个,我要浮一大白。

牛　布　舅舅,这就是您的丰富性,这就是您启发了我灵感的地方。

无　惮　你城府很深,过去我小瞧了你。

牛　布　写书的过程也是向舅舅学习的过程。

无　惮　你就别谦虚了。(指指那长盒子)那是什么玩意儿?

灯　罩　我们为您制作的一件道具。

牛　布　也是祝贺您六十五岁大寿的礼物。

　　　　[灯罩解开包装,展示出一副鳄鱼形状的枷锁。

无　惮　鳄鱼枷。

灯　罩　我们从京剧《苏三起解》里苏三所戴鱼枷受到了启发。

无　惮　这是为我预备的?

牛　布　正是。我们计划制作一批枷锁,如美人枷、铜钱枷、权力枷、政治枷……

无　惮　你应该戴哪一款呢?

牛　布　我比较适合铜钱枷。

无　惮　人贵有自知之明,我欣赏你的坦率,真小人胜过伪君子。

牛　布　舅舅,我们三人,你戴上鳄鱼枷,我戴上铜钱枷,她戴上玻璃枷,我们可以在全球巡回表演。

无　惮　你在为下一本书准备素材了。

牛　布　什么都瞒不过您,舅舅。

无　惮　可惜了,我不能配合你们了。

牛　布　舅舅,您必须加入我们。

无　惮　(摇头)恕不奉陪了。

牛　布　舅舅,您千万别动那个念头。

无　惮　我动什么念头了?

牛　布　您跟魏局长不一样。

无　惮　他们夸我是男子汉,敢做敢当。

牛　布　您不能意气用事。

无　惮　人活一口气。

牛　布　舅舅,有一个消息我必须告诉您。

无　惮　什么消息?

牛　布　您引以为傲的青云大桥坍塌了。

无　惮　(惊起)什么时候?

牛　布　昨天晚上。

无　惮　伤亡呢?

牛　布　幸亏不是上下班高峰,只有十几辆车坠到江里。

无　惮　死了多少人?

牛　布　不多,官方报道说十几人。

无　惮　怎么会呢? 这不可能啊! 我以为自从我扇了那
　　　　个偷工减料的包工头一巴掌后,再无人敢作弊了。

牛　布　舅舅,你有点天真了。金钱的诱惑是一巴掌扇不
　　　　去的。再说,修建大桥的公司,是层层转包下去的,转
　　　　包一次就剥一层皮。

无　惮　那时一切都不规范……

牛　布　舆论沸腾,呼吁追责,您首当其冲。舅舅,您这时
　　　　回去,差不多等于送死。

无　惮　逃罪苟活,何如一死。

牛　布　舅舅,三思而后行,您考虑一下我的方案。我们
　　　　的三枷巡演,意义深远。如果说灯罩的玻璃枷仅仅是
　　　　政治讽喻,那我们的三枷联展就绝对地提升到了哲学
　　　　与艺术的高度,我们是对人性进行批判,甚至我们可
　　　　以加一个副题:《青云大桥坍塌后的思考》。这样做
　　　　对推动文明进步、提高人类自省意识都有重要意义,
　　　　远比您回去送死好。

无　惮　把鳄鱼枷给我戴上。

　　　　〔牛布、灯罩帮无惮戴上枷。

无　惮　（狂笑）很合适啊,看来你们把我脖子的粗细都量过了。(走近鳄鱼大柜)鳄鱼,原来我是你的肉体,你是我的灵魂;现在,你成为我的枷锁,我成为你的奴隶。大家都来看啊!都来看啊,看行为艺术家单无惮的表演,(对牛布与灯罩)我是不是该起个艺名?

牛　布　您的笔名叫"墨斗鱼"。

无　惮　不好听,不新鲜。我看叫"鳄梦"吧。

灯　罩　（拍掌）舅舅的才华,就像香槟的泡沫。

　　　　　[瘦马等人从麻将桌旁站起,走过来。

老　黑　单老爷威武!

唐太太　拍照啊,录像啊,留下宝贵资料。

瘦　马　牛布,你们想干什么?把我们老爷弄成演杂耍的了!

慕　飞　市长,据我所知,青云大桥的坍塌与您没有关系。插手大桥工程的,不止您一人,如果没有您那一巴掌,大桥早就塌了。

无　惮　那个负责过大桥工程的市长已经死了,现在,在单无惮的躯壳上,一个行为艺术家借它还了魂,他的名字叫"鳄梦",鳄鱼之梦。

女　佣　老爷、太太,寿宴准备好了。

无　惮　帮我提上金桥二锅头,家乡老味道。今天我要放开喝一次,喝得酩酊大醉,喝得人事不省,以此来庆祝单无惮的死去与"鳄梦"的诞生。

第三场

[接前景。夜晚,光线幽暗。一束蓝光罩着躺在沙发上的无惮。他的身上盖着一条毛毯。大鱼缸里灯光明亮,巨大的鳄鱼清晰可见。那副鳄鱼枷胡乱地扔在地上。

无　惮　（缓缓起身,看到身上的毛毯,似乎若有所思,然后把毛毯扔在一边）头怎么这么痛啊？ 眼为什么这样花？ 这让我想起一个遥远的冬天的夜晚,在六叔家玩耍。他是兽医,大家想喝酒,但没有酒,六叔忽发奇想,将给猪打针消毒用的酒精用凉水稀释了一下。大家就喝,我喝了两杯。第二天早晨,头痛欲裂,眼睛里全是黑色的幻影。（站起来,摇摇晃晃）对,对,就是这感觉。这说明什么？这说明我喝了假酒，老魏这个王八蛋，弄来两瓶假酒糊弄我……小辛——小辛——（无人回答）有人吗？谁在家？（无人应答）一个人都没有了，就剩下我，孤家寡人，孤魂野鬼。（摇摇晃晃地走向桌子，拿起一瓶水，拧开，仰脖灌了半瓶）还好，还有一瓶水，不，四瓶水，这说明他们知道我醒后会口渴，所以给我预备了四瓶水，而且这瓶盖还是拧开了的——他们担心我酒后乏力拧不开瓶盖，他们还给我身上盖了一条毛毯，而且是崭新的毛毯，这说明他们怕我着凉，这说明他们还是关心我爱护我的，这说明他们的良心未泯……（揉揉眼睛）喝上水后好一点了，视力恢复了，黑影少了，不模糊了，头也痛得轻了一点。这说明这酒还不是太假，劣酒无疑，但不是医用或工业酒精所兑，否则我的眼睛就瞎了。造假，人类从什么时候学会造假？按马克思主义的理论分析，应该是商品出现之后，有了阶级，有了利益，有了钱……造假应当惩罚，应该让造假者付出沉重代价，八十年代初那起著名的假酒案的首犯被判了死刑，但为什么还有假酒？道德滑坡，人心不古；人人都是害人者，人人都是受害者;大盗窃国,小贼偷鸡。我也是造假者,我造了一座假大桥。所以,我喝假酒被醉死也是罪有应得……

[无惮发现桌上有一封信,取过来打开,似乎是从很远的地方传来瘦马的声音,那声音渐渐逼近。

瘦马的声音 单大哥,大哥,还是用我们亲密无间那时期的称呼吧。我痛苦地也是坦率地告诉你,我受够了,我走了。我动这个念头已经很久了,但一直下不了决心,因为我想到你许多的好处,的确,你除了没给我名分,什么都给了我,但你不知道,女人是把名分看得比什么都重要的。我理解你,同情你,甚至我也愿意承认,是我拖累了你,是我毁了你的锦绣前程,但我也为你做出了巨大牺牲。正当我进退两难、犹豫不决时,你向我坦白了你的卑鄙,你用卑鄙的手段杀了我的第三个孩子。对于一个女人来说,没有比这更重的痛苦了。通过这件事,我认清了你的本质,你是个绝对自私的人,为了你头上那顶乌纱帽,你什么事情都能干出来。因此,我必须离开你,我可以毫无牵挂、毫不愧疚地离开你了。你好自为之吧。另外,我要告诉你,这栋别墅,我已经卖给牛布了,他是你的外甥,肥水不落外人田。我卖得很便宜,但我对他提了个附加条件,那就是保证你在这别墅里有永久的居住权,而且无须交任何费用。协议书附后,上边有他的签字,您可要保存好了。还有一件事,我也告诉你吧,我怀孕了,孩子当然不是你的,是慕飞的。我已经四十三岁,能怀上不容易啊。我们俩要去加拿大,今后,咱们就各走各的路了,没有了我的催逼,你会感到如释重负。祝你一切好,最后我和慕飞共同劝您一句:千万不要自投罗网。青云大桥塌了,死了十几号人,您是建桥总指挥,您想想吧⋯⋯

无 悻 (把瘦马的信扔到桌子上,身体仰靠到沙发上)好啊,树倒猢狲散了⋯⋯

　　　　[幽暗中,无悻的儿子单小涛鬼鬼祟祟地上。

无 悻 (有气无力地)谁?

小 涛 爸爸,是我。

无 悻 (坐直)是你,你来干什么?

小 涛 今天是您生日,我来给您拜寿。

无 悻 生日? 也许是末日。

小　涛　爸爸,你不要绝望。

无　惮　谢谢,你竟然来做我的思想工作了。你妈有信
　　　　吗？她回国也有一段时间了。

小　涛　昨天我跑到教堂里,借用了一下电话,与她通了
　　　　一个话。

无　惮　你的手机呢？

小　涛　我的手机丢了。

无　惮　是卖了吧！

小　涛　你要这么想,我也没办法。

无　惮　你妈怎么样？

小　涛　她只是哭哭嚷嚷,听声音气力还挺足的。

无　惮　你姥姥呢？

小　涛　应该是死了。爸爸,你怎么突然关心起这些来
　　　　了,是良心发现了吗？

无　惮　我根本就没有良心,发现什么？你妈还说什么？

小　涛　她让我告诉您,请您尽快回去投案自首,检察院
　　　　的人与她见过面,说只要您自己回去,会对您宽大
　　　　处理。

无　惮　你妈没说大桥的事？

小　涛　没说。什么大桥?

无　惮　青云大桥塌了。你妈那个该死的弟弟,也就是你
　　　　舅舅,包揽了三分之一的钢筋供应,他供的钢筋质量
　　　　不合格,但因为我有亏于你妈,就睁只眼闭只眼让他
　　　　蒙混过去了。

小　涛　爸爸,你害了我们,害得最重的是我。我当时在
　　　　光明路中学年年都是三好学生,我还是班里的数学课
　　　　代表,可你嫌我们碍眼,把我们弄到这个鬼地方,你毁
　　　　了我的一生。

无　惮　胡说,你自己不出息,自己不学好。我给你们创
　　　　造了最好的物质条件,按说你应该上哈佛、耶鲁、斯坦
　　　　福……

小　涛　我没有父亲,我担惊受怕,我英语不好,我孤独,
　　　　我想念同学,想念老师,想念祖国……

无　惮　你也想念祖国?

小　涛　我不理解啊,爸爸,你为什么要贪污? 为什么要
　　　　腐败?

无　惮　(叹息一声)儿子,如果……世界上什么果都有,
　　　　就是没有如果。

小　涛　没有人瞧得起我,因为我是贪官之子……我感
　　　　到所有的人都在对我指指点点……我逃课……逃
　　　　学……为了减缓压力,我学会了抽烟……

无　惮　抽几支烟也算不上什么大事。

小　涛　又染上了毒瘾……

无　惮　罪孽啊!

小　涛　我妈跪在我面前劝我戒毒,但我没那个毅力……
　　　　后来我陷进了贩毒团伙……被警察抓进去好几次……
　　　　爸爸,这一切都拜您所赐!

无　惮　那你为什么不回国?

小　涛　一个逃亡贪官的儿子,你让我回哪个国?

无　惮　(理直气壮地)回中国,中华人民共和国,你的祖
　　　　国,当然,也是我的祖国!

小　涛　你已经背叛了祖国!

无　惮　背叛了的祖国也是祖国啊……

小　涛　你回吗?爸爸,您如果回,求您带上我……

无　惮　我不回你也可以回,理直气壮地回,堂堂正正
　　　　地回!

小　涛　我怎么回?我回去干什么?上学?哪个学校会

要我？即便有学校要我,我脑子废了,什么也学不进去了。工作？哪个单位会要我？即便有单位要我,可我能干什么？

无　惮　你可以回我老家去种地！

小　涛　亏你想得出来！回你老家,让乡亲们指着脊梁骂？你不要脸我还要脸呢。再说,我没有力气,我什么都干不了,我只想着吸一口,或是打一针……

无　惮　你要戒毒！

小　涛　爸爸……（毒瘾开始发作）它来了,魔鬼又来缠我了。（拍打胸脯,撕扯头发）给我点钱,求求您,给我点钱……

无　惮　我没钱给你,你熬着,咬紧牙关熬着,熬过这阵就好了。

小　涛　你不懂,你根本不懂,熬不过去的……求您了,大慈大悲,给我钱,救救我。

无　惮　我真的没有钱。

小　涛　你撒谎,我妈说你在瑞士银行里有一大笔存款……

无　惮　那是人民的钱,我已经汇到了市政府的账号。

小　涛　你撒谎,你骗我!

无　惮　你已长大成人,我没有能力帮你,你走吧。

小　涛　我妈让我来找你,我妈说你年纪大了,眼前没个人照顾你,我妈说让我来照顾你……

无　惮　你走吧,我不需要你。

小　涛　给我钱,给我钱我就走。

无　惮　我说过,我没钱。

小　涛　(拉开上衣,露出腰腹部一条长长的刀口)我已经卖了一个肾,我把剩下这个肾卖给你好不好?

无　惮　我没有钱,你看看这屋子里有什么值钱的,在新主人还没住进来前,什么都可以拿走。

小　涛　(跪在地上哆嗦着)我没有力气,我拿不动,你给我钱,现金,二百元,一百元也行……

无　惮　你搜吧,搜出来你拿走……

　　　　〔小涛在桌子的抽屉里翻找着,翻出了几枚硬币,然后翻到了慕飞放在那儿的手枪。

无　惮　放下枪!

小　涛　(用手枪指着无惮)给我钱!

无　惮　(平静地)开枪吧,谢谢你,能死在儿子手里,也算个不俗的结局。

小　涛　（哭着）我不能杀你，你是我爸爸……

无　惮　我求你杀了我。

小　涛　我不能够，我只求你给我一点钱，二百元也行，一
　　　　百元，就一百元。

无　惮　儿子，我如果手里有钱，全部都给你，帮你解除这
　　　　痛苦……

小　涛　（痛苦地）一万根钢针在扎我，一群蚂蚁往我骨
　　　　缝里钻啊……爸爸，我受不了了……

　　　　〔小涛举枪对准自己的头。

无　惮　（扑上去）小涛！

　　　　〔一声枪响，小涛倒地。

无　惮　（跪在地上抱着儿子）来人啊，来人……

　　　　〔舞台上一片幽暗，无人回应，只有大鱼柜里的鳄
　　　　鱼，似乎是嗅到了血腥味，猛烈地翻腾起来。

无　惮　（疯狂地）死得好……死得好啊……儿子，你终
　　　　于解脱了……你不用受罪了……你骨瘦如柴……你
　　　　的身体没有了重量……儿子，你说得对，是我，的确是
　　　　我害了你……

〔无惮痛苦地哀号着,拉开了那个棺材状鱼缸的盖子,将儿子抱进去,然后将那条毛毯盖在儿子身上。

无　惮　(俯首看着棺中的儿子)儿子,你的罪受完了。睡吧,睡吧……

〔一个男孩的清脆歌声,如梦幻般响起:请把我的歌带回你的家,请把你的微笑留下。……明天明天这歌声,飞遍天涯海角……

〔歌声中,无惮将那横幅上悬挂的三张白纸条撕下放在儿子尸体上。无惮将鱼缸的盖子推上。无惮坐在沙发上,发出一阵狂笑。

无　惮　走了,都走了,无牵无挂,轻松了。这辈子从来没这样轻松过……我仿佛听到了鸡叫声,半夜鸡叫,闻鸡起舞。是先有了鸡,还是先有了蛋?儿子,我想起了你刚上幼儿园那年,回家问我这个问题。我当时正思考着别的,就随便应付你说:"先有鸡。"你接着问:"那鸡是哪里来的?"我说:"鸡是蛋孵出来的呀!"你又问:"那蛋是哪里来的?"我说:"蛋是鸡下出来的呀!"你不满意我的回答,气得呜呜地哭起来。儿子,你当时的样子,现在活灵活现地出现在我的眼前了。

儿子,当时我对你说:"好儿子,这个问题比较复杂,爸爸的确说不清楚,你好好学习,将来到大学里去学习生物,搞清楚这个问题,然后告诉爸爸……"可是,你没学生物,你什么都没学,你学会了吸毒……儿子,的确是我害了你,我欠你一条命。对,你妈说得对,我是吃了你的胎盘,尽管我是被欺骗的,但毕竟是你的胎盘被我吃了,我是个吃人的魔鬼。我欠你的,欠你妈的,欠瘦马的,更重要的是,我欠祖国的,欠人民的,即便把我千刀万剐,也还不清我欠的债,也赎不完我犯的罪……

[鳄鱼在大鱼缸里翻腾着。

无 惮 (对鳄鱼)你闻到血腥味了吧？血腥味勾起了你的杀戮进食的欲望了吗？欲望,这万物繁衍的原动力,这毁灭一切的魔鬼。万物因你而美好,万恶因你而产生。儿子,父亲不在身边并不是你学坏的必然理由啊,美国总统奥巴马小时候父母离异,但并没妨碍他求学进步。当然,当然,怎么这么多的当然,没有当然,也没有必然。这劣质的酒精已使我头脑不清、目光涣散、心绪不宁,好像末日要到了——末日其实已经到了。

[大鱼缸里的光线渐渐变暗,与此同时,传来一阵由弱渐强的由深喉里发出的鸣叫,低沉、恐怖,是鳄鱼的叫声。

无　惮　这令人恐怖的吼叫,或者是嘶鸣。我听过老虎的呼啸,听过狮子的咆哮,更熟悉狼的嗥叫,但都没有这声音令人恐怖。这声音潮湿、黏腻、阴冷,令我头皮颤抖、脊背发凉。这是地狱的声音,是死神的声音,我知道,这就是《圣经》里所描写的鳄鱼的声音。

[幽暗中,大鱼缸里发出水花迸溅的声音,似乎有庞大的物体从鱼缸中跃出。当然,这一切也都可以理解为幻觉。

无　惮　你已经跃出了大鱼缸。因为这鱼缸还不够大,它限制了你的生长,你膨胀的欲望没有得到满足。你想到游泳池里去,那也不够大。你应该到湖泊里去,到江河里去,到荒草连天的沼泽里去。那里有足够宽敞的空间供你膨胀;那里有丰富的食物,可以满足你野蛮生长的身体的营养需求,蛋白质、维生素、脂肪……

[一条巨大的鳄鱼向着无惮慢慢爬来,它一边爬

行，一边鸣叫着……

无　惮　（猛地站起来，但立刻就松弛下来）你好，鳄鱼
君，果然是你，也只有你了。这空旷的客厅里，只有我
们两个活物。我的情妇和她的情夫私奔了——其实
也不是私奔，我早就知道他们的关系并等待着这个结
果——女佣男仆也都走了，他们应该领到应得的薪酬
了吧。我的儿子躺在你曾经住过两年的玻璃柜里，我
猜想，你应该是嗅到了从他头上的弹孔里溢出的血腥
味才跃出大鱼缸的吧？我已经忘记了是什么时候喂
过你了。你一定是饿了，饿得很厉害，你有强大的忍
耐饥饿的能力，但血腥的气味使你的饥饿感膨胀，使
你的食欲如岩浆迸发。你是想吃掉我儿子的尸体吗？
尽管这对尸体来说是一个不错的选择，但我不同意。
我愿他能有一个更符合中国传统的结局，既然已经入
棺，接下来应该入土，入土为安。待会儿我应该写个
纸条留给这别墅的新主人，希望他看在同胞与同乡还
是亲戚的分上，能帮我儿子料理后事。

　　〔鳄鱼爬行到距离无惮数米远处停下，突然发出
了人声，起初有些模糊，渐渐地清晰：你好。

无　惮　（惊喜）是你说话,你在说人话? 你什么时候学会了说人话? 天哪! 奇迹发生了,奇迹就发生在我的眼前,一条鳄鱼,竟然学会了说人话。你既然能说人话,那一定能听懂人说话。这十年的时间里,你一直在偷听——可怕,不是一般的可怕,是十分可怕。我说了那么多肮脏的话、无耻的话、卑鄙的话、虚伪的话,空话假话屁话,当然偶尔也会说几句真话,都被你听到了。你没有耳朵,但我知道你有敏锐的听觉。你能听到蚊虫在墙角飞行的声音,能听到树林中蘑菇生长的声音。你对这栋别墅发生的事情了如指掌。我自认为洞若观火,但也许你为我的愚蠢而冷笑。我现在明白了为什么我一人独处时会经常听到冷笑声,我一直以为是幻觉,现在我明白了,那不是幻觉,那是事实,铁打的事实,那是一个智者发出的嘲笑人类愚蠢的冷笑。你有理由嘲笑我,你们有理由嘲笑人类。当人类还是一堆散乱的元素时,你们已经在地球上繁衍生息。你们是恐龙的表亲,是鸟类的远祖。你们见证了恐龙的灭绝,能告诉我当时发生了什么吗? 到底是小行星撞击地球还是寒冷突然降临? 而你们又是如何避开了这些灾难而使自己的种族繁衍至今？请给我一个答案,我坚信你的大脑深处一定遗留着远古的记忆,如果你能告诉我,我将成为了不起的科学家……

鳄　鱼　你好。

无　惮　难道你只会说"你好"吗？你难道还有什么顾忌吗？我希望您能滔滔不绝地讲,废话连篇地讲,对,像我这样,但你的话字字珠玑。您能解开许多千古之谜,您也一定能预测未来,告诉我,未来十年内,世界上会发生哪些大事？俄罗斯会与美国开战吗？南太平洋岛国汤加会被海水淹没吗？转基因农作物会使人类基因异变吗？干细胞疗法是否可行？人的寿命真能到一百六十岁吗？人的大脑真能与机器连接吗？人类真的会移居火星吗？外星人会来访问地球吗？机器人是不是能代替女人生孩子？人类有没有可能和平相处,让地球上永远没有战争？有没有一种新的高科技的武器,让所有的航母和飞机变成废铁？有没有一种强大的信号,使地球上所有的核武器失效？有没有一种办法,能把人的贪欲像割除赘肉一样割掉？

鳄鱼有没有可能由卵生变为胎生？而人类有没有可能由胎生变为卵生，从而使女人的生育痛苦大大减轻？孵化时的温度决定鳄鱼雌雄的化学原理有没有可能被解开？鳄鱼有没有可能成为地球的主人而人类成为鳄鱼的奴仆？有没有可能真的让时光倒流？（鳄鱼似乎点了一下头）啊，你点头了，这说明时光可以倒流，说明一切都可以从头开始。如果可以从头开始，如果可以从头开始，我不会结婚，对，不结婚就不会有儿子，就不会忍受儿子自杀的痛苦和妻子责骂的耻辱。我宁愿卧轨，也不出轨。对，我更不会跟那个瘦马上床，这样我就不会逼她堕胎，残害生命，而让自己被罪疚长期纠缠。如果没有这些事，那我可以把青云大桥建成优质工程，百年不摇，千年不塌……如果没有欲望的泛滥，我一定是一个能为人民群众带来福祉的好官，被人民夸奖，被人民感谢，那是多么荣耀、多么幸福！我要那么多钱干什么？如果不犯罪，我根本没有多少花钱的机会，连死后的骨灰盒，党都给准备好了。我要那么多女人干什么？无论与什么样子的女人做爱，也比不上得到人民的爱戴。无论什么样的山珍海味,也比不上机关食堂的大锅菜……欢声笑语大食堂,热火朝天大锅菜……我要把自己的欲望禁锢在一个合金匣子里,就像封存核废料一样,让它半点也不得泄漏……鳄鱼君,我养了你十年,眼见着你从一条三十厘米长的小爬虫,长成了一条四米长的庞然大物。原来我可以轻松地捏死你,现在你可以轻松地吃掉我,你就是我的欲望,我的欲望就是你……

[鳄鱼发出哭一样的哀鸣,眼睛里似乎流出泪水。

无　惮　你哭了?你的眼睛里流出了浑浊的泪水。你不是在咀嚼食物时才流泪吗,可你现在还没开吃啊?

鳄　鱼　可惜可惜,你就是我,我就是你。我们都是欲望的奴隶。

无　惮　天哪,你都会写打油诗了。

鳄　鱼　如果我吃了你,就等于吃了我自己。

无　惮　如果你吃了我,我们就合二为一。

鳄　鱼　请听我庄严宣判:单无惮,六十五岁,逃亡贪官。作恶多端但良心未泯。畏罪逃亡却热爱祖国。喜欢女人却终被女人抛弃。满怀壮志却一事无成。放纵欲望导致家破人亡。豢养鳄鱼最终葬于鳄鱼之腹。

无　惮　（站起来,脱掉外衣,灯光大亮,高声朗读）

水在河里流,河在岸里走,

岸在我心里。

我在河里游,鳄鱼在水里,

水在我心里。

鳄鱼在河里,河在我心里,

我在鳄鱼肚子里……

〔无惮猛地扑倒在鳄鱼面前。

——剧终

构思于 2009 年

初稿完成于 2022 年 2 月

2023 年 3 月三稿改毕

后　记

心中的鳄鱼

多年前,我曾为几位同事、朋友、老乡的书作过序言或写过荐语。当时,他们都是正直、善良、有才干的年轻人。他们当时与我们一样,诅咒着贪官污吏,痛恨着贪腐行为。后来,他们都升迁到了重要的岗位上,有很好的口碑,有不凡的业绩,我从内心深处为他们感到高兴,但没想到,他们竟然因为贪腐落了马。这让熟悉他们的朋友都感到震惊、惋惜,甚至感到不可思议。这些感受我都有,除此之外,还有遗憾与尴尬。尴尬的是我竟然为这些被群众诅咒的人作过序或写过荐语,遗憾的是我没有孙悟空那样一双火眼金睛,能透过外表看到妖魔鬼怪的本来面貌。但又一想,他们,在我为他们作序或写荐语的时候,是披着美丽外衣的妖魔鬼怪吗?答案是否定的,他们不是。他们那时的正直是真的,他们那时以自己手中的笔揭露黑暗、捍卫正义是真的,他们的才华更是真的,那时的他们是比我要优秀许多的人,否则也不会被提拔上去。那么,问题出在哪里呢?我想了好久,终于大概地想明白了,他们变质与堕落,根源于他们心中失控的欲望。

古人云:食色,性也。古人又云:爱美之心,人皆有之。古人又云:君子爱财,取之有道。古人一向不否定人的正当的欲望,因为人类正当的欲望是社会发展的最原初的动力,当然也是人类自身繁衍生存的根本动力。共产党人也从不否定人的正当欲望,提升职务、颁发勋章、奖励财产、鼓励自由恋爱,包括最近颁布肯定非婚生子女的社会地位与公民权利的法规,都可以理解为是对人的正当欲望的肯定。古代圣人君子和共产党人所批判的是人的过度的欲望,因为欲望一过度就会成为贪欲,而满足贪欲的行为就会成为对公共利益和他人利益的侵占与夺取,这就会造成社会不公、人心败坏,乃至引发动乱与灾难。

欲望人人有,清醒地知道纵欲之害的人很多,但如果纵欲不受惩罚,那么能理性地控制欲望的人,比得到机会就让欲望膨胀的人要少吧?因此,从制度设计上防止腐败,用法律来控制纵欲,比道德教育发挥的效果应该更为明确。

人要纵欲,第一应该有权,第二必须有钱,第三应该有势。这都是老生常谈,毋庸赘述,我只想说一下我对权力的理解。权力者,含义广泛之大概念,它的拥有者应该是人民,但人民不能人人都来掌权,那就只能通过宪法与有关法规认定的程序,将之委托给某些机构或个人来掌管行施。通俗地说,这些机构就是政府,这些个人,就是官员。官员替人民掌管的权力,有财权、物权、政策的制定权、对下级人员的任免权,等等,这些权力,可以施惠张三,也可以惩罚李四,因之,掌握权力的人,就客观具有了将手中公权换取利益以满足自己各类欲望的可能性。

封建帝王造谣说自己是真龙天子,实质上是欺骗人民,让人民相信君权神授,不怀疑他掌管天下的合理性,不滋生夺取他的权力的野心。他把自己当成国家的唯一主人,"溥天之下,莫非王土;率土之滨,莫非王臣",因之他搜刮天下的财富供自己挥霍似乎是天经地义、心安理得的事,因之他对帮他治理天下、代行权力的臣属们的贪污行为,格外不能容忍。现在官员的贪腐,我们可以说他们是侵占了人民的利益,而封建王朝内官吏们的贪污,理论上则等于侵占了皇帝个人及其家族的利益。因之,封建王朝对贪腐行为的惩治是相当残酷的。最狠的如朱元璋的"剥皮楦草",即把贪官的皮活剥下来,楦上干草,悬之大堂,以儆后任。后任若看到前任楦满干草的皮悬在大堂之上,心里是什么感觉,尽管没有资料可以查证,但按常理推度,那肯定是心里拔凉拔凉的。估计他在断案时,会不时地抬头望望前任高悬的皮草,心里的想枉法收银子的欲望会受到限制。但这皮草,不可能永远悬挂下去,即便永远悬挂着,几十年之后,也就成了一个摆设,就像原本是用来吓唬鸟雀的稻草人,时间长了失去了威慑力,反而很可能成为鸟雀筑巢垒窝的地方。另外,一国之内的衙门大堂上,不可能都挂上贪官的皮草,因之那些没挂皮草的衙门里的坐堂者,也就是在听到某同僚被剥皮楦草的消息后收敛一段时间,然后便一切如常了。

社会主义是全新的社会制度。在我的记忆中,二十世纪五六十年代,在一波又一波政治运动造成的巨大声势下,贪腐现象确实较少。我记得我父亲教导我们说,"懒、馋、贪、变"是好人变成坏人的"四部曲"。"懒",不爱劳动,好吃懒做,当二流子,是"变"的第一步。当时有好多新编小戏,也在批判那些留着大分头、镶着大金牙、趿拉着鞋的懒汉。十懒九馋,不想劳动,还想吃好吃的。不劳动就没有钱,没有钱怎么办?那就想歪门邪道。农村的偷鸡摸狗;在机关单位的,那就损公肥私,公钱私用。手里有点权力的,哪怕是供销社里卖酒的售货员,也有掺水换酒喝的机会。这实际上已经"变"了,即由好人变成坏人了。当时因为经济总量小,所以,有一年我们县供销社系统出了个贪污挪用公款一万多元的人,就成了轰动全县的大案。到了七十年代,贪腐现象明显增多。那时老百姓求官员办事,经常要先"研究研究(烟酒烟酒)"。那时的官员胃口小,一盒烟一瓶酒就能办成事。当时最流行的是"走后门",民间的说法是"学好数理化,不如有个好爸爸"。在入学、招工、参军、知青回城等诸多方面,都流传着,也事实上存在着"走后门"的现象。粉碎"四人帮"后,恢复高考,大多数人鼓掌欢迎,但也有些干部子女心怀不满。当然高考有高考的问题,但站在社会公平与正义的角度上来说,那的确是一件大好事。分数面前人人平等,这大概也是老百姓孩子跻身上层社会的唯一途径。当然,考了高分、上了好大学的人并不一定将来能成就大业，但从成材的几率上看，上了好大学的人，总比那些没考上大学的人高一些。没上大学成了大材的人当然也有，但这就另当别论了。

改革开放后，乡镇企业如雨后春笋般冒出，公有制的一统天下被打破，我所熟悉的供销社系统因其冷漠的服务态度与过多的冗员，很快就被物美价廉、服务热情的"小卖部"挤垮。在其他行业，某些乡镇企业也以其"灵活"的销售方式占领了市场。这里的"灵活"实际上就是行贿，你手里有购买某种商品的权力，你就是被行贿的对象。握有替公家买某种商品的权力的人，如果没有一个代替人民行使监督权的机构来监督，那他就可能公然地受贿。这在卖与买过程中存在的交易，应该是二十世纪八十年代贪腐的主要内容，每个人都可以从自己的记忆中找到一些这样的例子。当时，我一个朋友的在供销社当了几十年主管会计的父亲，退休后被县城的一家乡镇企业聘去当财会主管，给的工资比他的退休金高好几倍，按说这是大好的事情，但老头在那家乡镇企业干了一个月就辞职不干了。有一次我赶集时遇到他在集上摆摊卖布头，问，大叔，那么好的差事,你怎么不干了? 他悄悄地对我说,贤侄,不是我不想干,是干不了啊! 我说,那个企业规模不大,那点账你还管不了? 他说,不是业务的事,那点账,我玩着也能记好,关键是……怎么说呢? 咱跟不上形势了呀! 我说,你管那些干什么,让你怎么记你就怎么记呗。他挠挠头说,贤侄,咱良心上过不去啊! ——老人这句"咱良心上过不去啊!"给我留下了深刻印象,至今还难以忘却。是的,如果每个人都有"良心上过不去"的时刻,那这社会上的贪腐现象就会大量减少。但问题是,有的人根本就没有良心;有的人刚开始还"良心上过不去",但很快就过去了。只有少数像我朋友的老父亲那样"良心上过不去"的人存在着,他们正是贪腐社会里的一股清流。但你的"良心上过不去",你辞职了,自有良心上能过得去的人来补缺,所以要根除或减少贪腐现象,单靠良心还真是不行的。

到了八十年代末,一方面是经济轰轰烈烈的大发展,一方面是贪腐明目张胆的大流行。这是否是个必须经过的阶段,还是经济大发展的伴生物,一时半会恐怕还真说不清楚。也就是在这时候,我写出了反对腐败、揭露腐败、分析腐败根源的长篇小说《酒国》。三十多年后,回头重读这部小说,它当然有很多不足与令人遗憾的地方,但一本书也代表那个时代的一部分民意与作家对那个时代的认识,现在如果来修改它,反而会感到有点篡改历史的意味了。

二十世纪九十年代中期,我从部队转业到最高人民检察院所属的《检察日报》工作,主要负责编写以检察官为主人公的反腐败电视剧,同时也参加一些报社举办的文学笔会,客观地说为培养检察系统的业余作者发挥了些微作用。为了掌握第一手资料,我与几位同事上到高检机关采访领导,下到基层检察院与检察官一起生活、工作,应该说通过这样的方式,丰富了自己的法律知识,了解了检察院的历史沿革与运作机制,更重要的是积累了许多生龙活虎的检察官形象,当然,也积累了一些有个性的、栩栩如生的贪官形象。这个时候我就感到自己写《酒国》时对腐败问题理解的肤浅,以及对贪官理解的公式化。尽管在后来的电视剧本编撰过程中,我一直试图贯彻把检察官和贪官都当成人来写的理念,但由于受到一些特殊的限制,总是感到未能达到自己构想的水准。

2007年,我调到文化部所属中国艺术研究院工作,在检察系统工作的积累及大量素材经常会浮现在脑海里。贪官形形色色，如同树上的叶子，没有一片是完全相同的，当然他们在许多方面是相同的。同行们已经在小说里、影视作品里塑造了很多贪官形象，但这些形象，似乎都不如我构思中的生动。我感觉到写他们共性的地方多了一点，而写他们个性的地方少了一点；写他们的犯罪过程多了一点，但写他们犯罪的原因以及写他们犯罪后的反思少了一点。我们常看到屏幕上出现痛哭流涕的贪官形象，但他们的忏悔词大多雷同，他们对自己的剖析流于公式，往往只从所谓的"放松学习"之类上找原因，而没有从人性上找源头，也没能从这么多官员共同贪腐这个现象上深挖原因。

2008年参观法国巴黎雨果故居博物馆时，看到雨果对话剧的爱好，又联想到萨特伟大的话剧，我决定写一部以逃亡贪官为主人公的话剧。不为英雄树碑立传，却为贪官写话剧，这分明是找骂挨呀。但骂就骂吧，因为，我认为这是一个独特的角度，是一个能够比较深刻地揭示人性的角度，也是一个也许能够触及读者（尤其是贪官）灵魂的角度。

当然,若是单纯讨论贪官问题,我觉得这个剧本还缺少一个真正的灵魂,或者说缺少一种超越题材的象征性的东西。后来,我从邻居家一个养爬行动物为宠物的小伙子那儿,知道了鳄鱼的独特习性,以及它的身体的生长与环境制约的密切关系。鳄鱼是丑陋的,也是凶残的,但它又是具有超出一般动物的忍饥耐饿、适应环境能力的超级动物,要不它也不会在地球上存在数亿年。它比人类古老,从某些方面来看,它也比人类更智慧。它的生长规律,与人的欲望何其相似。我们读古书知道"人苦不知足,既平陇,复望蜀",我们从民间谚语里知道"人心不足蛇吞象",我们回首往事也知道自己当年的理想是怎样被不断超越的。我也记起了2010年在东亚文学论坛上,我曾就人类的欲望问题做过一次演讲。是的,人的欲望就像鳄鱼一样,如果有足够的空间和营养,便会快速生长。在本剧中,决定鳄鱼生长快慢的是养它的柜子,而决定贪官贪腐程度的是他掌握权力的大小与制度对权力的限制程度。

人的欲望其实可以分为两种,一种来自本能,如食,如色;一种来自后天的道德教育,如当一个好官、做一个好人、当一个英雄。剧中的主人公在他的最后关头,终于觉悟到追求后一种社会性道德欲望的实现,远远高级于本能性的物质性的满足。当一个被百姓爱戴的好官,替人民干了好事、立了功劳,这样的功利欲望的实现与满足,其幸福感、成就感,是庸俗低级的欲望满足无法相提并论的。

近十几年来,在中国这片古老的大地上,反腐败的力度之大,惩罚的贪官级别之高、数量之大,在人类历史上都是有目共睹的。在惩治贪腐官员的同时,诸多防止贪腐的法规一条条制定、一条条落实。这是一场深刻的革命,也是伟大的探索,其意义随着时间的推移而愈将显著。

当然,作为一个戏剧写作者,我最关注的还是挖掘人性的奥秘,塑造一个能在舞台上站得住的典型人物,而不是用自己的作品论证或诠释某项法规。

这部话剧我构思了十几年,终于在去年春节期间写完。尽管好的话剧的阅读性并不亚于小说,但我还是希望能有人认识到这个剧本的价值,并将之搬上舞台。

2023 年 3 月 12 日

一本书打开一个世界

欢迎订购、合作

订购电话：0571-85153371

服务热线：0571-85152727

莫言读书会

KEY-可以文化

浙江文艺出版社

京东自营店

关注 KEY-可以文化、浙江文艺出版社公众号，

及浙江文艺出版社京东自营店，随时获取最新图书资讯，

享受最优购书福利以及意想不到的作家惊喜